激動の戦後物語

Yoshida Kikujiro
吉田菊次郎

松柏社

激動の戦後物語

プロローグ

同じ時を歩んで

吉田菊次郎（南舟子《なんしゅうし》）氏には、これまでの様々な著作のうちに4冊の俳句の書がある。どれも俳句とエッセイとが程よい距離とバランスで織り交ぜられているもので、パティシエ、実業家、作家、タレント、大学教授等々……多能多彩な氏の、明るく爽やかな句文集である。氏とは「俳誌・寒雷」の行事等ではご一緒させて頂いているが、とりわけ旧知というわけでもなかった。それでも何となく昔から親しくさせていただいていたような気がするのは、これらの句文集を読んでいたからでもあろうし、気さくなお人柄や、父君吉田北舟子《ほくしゅうし》が加藤楸邨先生と大層親しく、草創期の「寒雷」に幹事長として大変尽力されていたことを、先輩方からしばしば伺っていたからでもあるだろう。

そんな吉田氏から突然お電話をいただいた。「今度ちょっとおもしろいものが書けたので、文章を添えていただけないか」ということであった。略歴にある通り数々のキャリアや業績を持たれる氏の、独特の広い世界、「南舟子《なんしゅうし》ワールド」にどう向き合えばよいのか思い悩んだが、届いた原稿にとりあえず目を通させていただくと、ご自身のおっしゃる通りおもしろくて、テンポのよい文章と内容への興味に引き込まれて、一気に読まされてしまった。先ずは、氏の筆力に感服する。この百一編の戦後物語には、それぞれの文章の末尾に俳句が一句添えられている。概ね詠み下ろしだという。既刊の4冊が句文集だとすれば、この書は俳句付きエッセイ集ということになるだろうか。俳句とエッセイを織り交ぜて編み上げるのは、氏の著書（俳句の）独特のスタイルだ。たった17音の俳句だけでは収まり切れない、だからといって、文章に書いただけではどうしても納得できない何かが、氏の内にあるのだろう。そしてそれこそが氏を動かすすべての原動力であり、俳人南舟子の核であり、個性であり、奥行きとなっているのだろうと思う。推察するに「それ」とは、自身がエピローグで述べている「宿命」、即ち、父上から受け継いだ血と、父君への熱い敬慕ではなかろうかと私は思うのである。

さて、「戦後物語」だが、昭和19年生まれの著者と16年生まれの私とはほぼ同世代で、ほとんど同じ時間を生きてきた。百一編を読み進むと、物心つく頃から少女期までのさまざまな場面や情景、思い出がよみがえり、心のアルバムを開くように懐かしく思われた。国民の誰もが生活の苦労をしたであろう、貧しかった戦後の空気を吸って私たちは育ったのである。が、子供だった頃は大人たちの悲しみや苦しさ、その意味も背景もよくわからなかった。今、こうして時間を追って綴られたものを読むと、ただの記憶の断片でしかなかった幼い頃のことどもや体験が、歴史の流れに重なり、繋がって、「ああ、そうだったのか」と納得がゆき、感慨ひとしおのものがあった。時に涙ぐみ、時に微笑ましく、「そうそう」と頷き……、共感しきりのエッセイ集である。激動の時代のうねりの中で生きる庶民の、身近な日常が実感を通して書かれていることが、この書の特色であり、何よりの魅力と言えるだろう。敗戦という惨憺たる現実を乗り越え、めげずに立ち直ってゆく復興期の日本人ひとりひとりの、力強さや心の健やかさが、自分ごとのように直に伝わってきて、心を揺さぶられるからである。日本の明るい未来を予測しつつ、昭和31年で物語は終わっている。厳しく重い戦後の話であるのに、温かく爽やかな読後感がのこるのは、著者のお人柄によるのだろう。エピローグで氏は、「本文をメインディッシュと捉えるなら、文末の一句はデザートのようなもの」と謙遜されているが、十七音で見事に時代を捉えているメインディッシュと言うべき句も数多くある。さすがである。あえて技巧を凝らすこともなく、あくまでも自分流、自分に正直な自然体に心惹かれる。

母の背《せな》弥生十日を逃げまどふ

過去は不変未来は可変原爆忌

負ふ背《せな》に晴れ着と替へし薩摩薯《いも》

すいとんを手に復員の白き息

目指すべし世界憲法発布の日

蛍光灯間を置いて点く秋の宵

テレビ来て知らぬ人にも麦茶など

渋滞は幸せの列黄金週

　実に多岐にわたりさまざまなことが書かれ、詠まれているのは、貫かれているのは、戦争は絶対にしてはならないという強い反戦の思い、多くの戦争犠牲者の存在と、その上に今の私たちの平穏があることを忘れてはならないという、感謝と鎮魂の気持ちであろう。氏は、かすかながら戦争の記憶を持ち、厳しい戦後を見聞きし、これまでを懸命に働き続けて来られた。自身の来し方を顧みた時、どうしても戦後の体験を書き残さずにはいられなかったのであろう。過ぎし日への郷愁とともに、氏の真摯な思いと、捉えられた明るく力強い復興の「戦後物語」に、同じ時代を歩んだ者として心から共感する。
　ご多忙な日々であろうが、健康に留意されてますますのご健筆とご活躍をお祈り申し上げる。

江中真弓

２０２３年　初冬

「激動の戦後物語」　目次

目次

第3部　占領の終結〈主権国家として独立を回復〉

第1部　戦前

〈玉音放送まで〉

1940～43年・昭和15～18年

第1話 「京大俳句事件と言論統制」

1940～43年の言論統制下において京大俳句事件なるものが起きた。新興俳句弾圧事件とも言われるが、治安維持法に基いて新興俳句と評される俳人やそうしたものを掲載する俳句誌を言論弾圧した事件である。「京大俳句」とは1933年に創刊された俳誌で、戦意高揚の機運を推し進める体制に対して、反戦や厭戦を謳う句を次々と発表し、特高（特別高等警察・日本の秘密警察）からにらまれていた。そしてかねてより目を付けられていた西東三鬼や秋元不死男等44名が検挙され、うち13名が懲役刑となった。西東三鬼とは、憂愁と硬骨の反権威主義にして妖気のシュールレアリズムと評された異色の俳人。秋元不死男は「プロレタリア俳句の理解」等を発表するなどしたヒューマニスティックな作風の俳人である。

ちなみに、筆者の父・吉田北舟子《ほくしゅうし》は件《くだん》の秋元不死男とも親しい間柄にあったが、ことに西東三鬼とは、〝ヨーさん〟、〝サーさん〟と呼び合うとことん気の合った刎頚《ふんけい》の友であった。そしてその北舟子も彼らとともに一時投獄の憂き目にあった。後、何とか嫌疑が晴れて放免となるも、内心筆舌に尽くしがたい屈辱と忸怩《じくじ》たるものがあったやに聞き及ぶ。なお、北舟子の同門にして後輩、そして筆者の俳号・南舟子《なんしゅうし》の名付け親でもある金子兜太師だが、その頃すでに俳句に手を染めてはいたが、まだ世に出る前であった。ためにそうした憂き目に会わずに済んだようだが、時が少しでもずれていたら、反戦の旗手の急先鋒として真っ先に挙げられたに違いない。それほどに、俳句ひとつにもピリピリと敏感に反応する空気に国全体が包まれていた。

そして時勢は開戦に向けて傾斜をより一層深め、そのまま太平洋戦争に突入していく。

冬ざれや十七文字に罪科《つみとが》と

1940年・昭和15年

第2話「祝・皇紀二千六百年」

1940年11月10日、紀元2600年の奉祝の式典が内外の各地で行われた。東京の皇居前に作られた式場には、祝賀の意を表すべく4万人を超す人々が集まった。そして国歌を斉唱しバンザイを唱和し、ラジオから流されるそれに合わせて日本中の多くの人々が声を合わせた。式典の終了後、街はお祝いムード一色に染まり、お神輿や山車、花電車が出て盛り上げ、夜は夜で提灯行列が繰り出し、気分の高揚は最高潮に達した。また各学校やラジオ等から は、一般の応募作品から選ばれた奉祝歌の〝♪金鶏輝く日本の、栄えある光身に受けて、いまこそ祝へこの朝《あした》、紀元は二千六百年、ああ、一億の胸は鳴る〟の歌声が聞こえてきた。

ただ時節は日中戦争のさ中の非常時ということもあり、祝宴そのものは実のところ極めて質素であったとも伝えられている。それにしても、万世一系二千六百年というのは、世界的にも類を見ない大変なことであり、正《まさ》しく慶事である。改めて日本という国のすばらしさ、及びその歴史の持つ何事にも代えがたい重さをも感じる。しかしながら、そうした慶祝の空気が国威発揚と重なり合っていったところに、何ともいえぬこの先の不安がよぎる。

奉祝の歌の果なる蜻蛉洲《あきつしま》

1940年・昭和15年
第3話 「パラオに創建・南洋神社」

いつぞや家族とパラオに赴いたことがある。その折、実名を挙げて恐縮だが、そこで知り合った元大日本帝国海軍の古兵・尾高任氏から、「南洋神社」についてさまざまお話を伺った。実体験故、そのひとことひとことには真に迫るものがある。その南洋神社について改めて調べてみるに、以下の如くである。

南洋神社とは、そのパラオ共和国のコロール島のアルミズ高地に建てられた日本の神社で、完成は１９４０年という。その地はかつて日本の統治下にあり、太平洋戦争中にそこに官幣大社として創建された由。敷地は実に９万６２４８坪にも及ぶという広大なものだが、終戦時に廃社されている。

遡るに１９２２年、南洋庁の統治が始まり、南洋諸島の各地に民間の有志によって神社が建てられたが、南洋庁の所在地である足元のコロール島にはそれがなかった。そこで南洋諸島の総鎮守たるべく、紀元二千六百年の記念事業の一環としてそれを造ることになった。１９３７年同地に創建することが決まり、１９３８年に着工。約２年かけて工事が行われ、述べた如く１９４０年に完成をみる。そして同年２月に天照大神を祭る官幣大社の指定を受け、同11月１日、勅使伊藤博精侯爵を迎えて鎮守祭が行われたという。

教えられた通りに訪れたそこには、確かに立派なお社があった。時を経てそれなりに古びてはいるが、しっかりと保全されている。恐らく有志によって今も守られている故であろう。家族で心して手を合わせお参りさせていただいた。その時、どこからともなく大きな揚羽蝶が二羽現れ、ヒラヒラと神社の周りを舞い、次いで私たちの周りを何度か舞ってまた神社に戻り、ふっと何処ともなく飛び去って行った。皆あっけにとられ、茫然とし、只々その蝶に見惚れ、見入っていた。そして消え去ったあと無言で顔を見合わせた。

あの二羽の揚羽蝶は何だったのだろう。そこを訪れた私たちに何かを伝えたかったのか。わざわざありがとうを言いに来たのか、あるいは無念の気持ちを分かって欲しかったのかも知れない。はっきりとした答えの分かろうはずもないが、この世には時として説明のつかぬことが起こるとも聞いている。

南洋神社舞ひ来る蝶は誰が化身

1940年頃・昭和15年頃
第4話 「贅沢は敵！」

時節柄、それに沿ってのさまざまな標語が作られ、一般庶民の生活にもその影響が及んできた。曰く「贅沢は敵だ」と。そして内外の事情を鑑みての物品の「統制」や「配給制度」、あるいは相互の助け合いやある種の監視の意味も含んだ、「隣組」と称する制度が作られたりもした。またその監視の目は装飾品から日常生活にまで及んでいった。

例えば傍目《はため》に着飾って見える服装やお化粧、あるいは指輪などの装飾品にもいぶかしがる目が向けられ、些《いささ》か窮屈な生活が強いられていく。もちろん当時電髪《でんぱつ》と呼ばれていたパーマネントも禁止されていて、見つかればたちまちきつい注意を受けた由。髪ばかりは個人差もあり、生まれついてよりくせ毛の方などは、度毎に受ける注意にやるせなくなったに違いない。

またご婦人たちの着物も地味なものが要求され、それらを監視するべく「もんぺ部隊」が組織されて注意が喚起されていった。食事についても「米無しお献立」なるものが提案され、国策に沿う指導がなされた。

電髪を覆ふショールや贅は敵

1941年・昭和16年
第5話 「日中架け橋・李香蘭」

1941年、東京の日劇において当代一の人気スター・李香蘭のショーが行われ、入場希望者がその劇場を囲んで7周り半にも及んだという。ショーそのものは40分間であったというが、そんな短時間にも拘わらず、こんなにも人々を惹き付ける李香蘭とはいかなる人物か。

彼女の父親は、南満州鉄道、通称「満鉄」に勤めており、その娘として大正9年に中国の遼寧省撫順で日本人として生を受け、本名は山口淑子という。李香蘭という名は、13歳の時に、中国での習わしにより父の友人の李際春将軍の名目上の養子縁組で付けられた名前である。

その後奉天のラジオ局にスカウトされて歌手となった彼女は、昭和13年「五族協和・日満親善」という国策に沿って作られた満州映画協会に見い出されて女優としてもデビューを果たし、『支那の夜』を始め多くの映画に出演している。

そんな大女優のショーを観んとして、かくも多くの人が押し寄せたというわけである。きな臭く明るさが失われていく世にあって、如何に大衆が楽しみや喜び、安らぎを求めていたかが分かるひとこまであったと言えまいか。

満州の星の降臨建国祭

1941年・昭和16年

第6話　「太平洋戦争勃発」

１９４１年12月8日未明の、「新高山登《ニイタカヤマノボ》レ　一二〇八《ヒトフタマルハチ》」の暗号電文の下に始まったハワイ真珠湾攻撃。そして「トラ・トラ・トラ」（我れ奇襲に成功せり）の打電。これを機に、日米は戦争状態に突入した。多くの有識者あるいは国際感覚に長けた人たちの危惧をよそに、ついに太平洋戦争の火ぶたは切って落とされたのだ。

しかしながら、かつてアメリカに滞在し、その実力を熟知していた山本五十六元帥は「アメリカとは絶対に戦争はすべきではない」と最後まで反対していたという。そして「ぜひやれと言われれば半年や1年は暴れてごらんに入れるが、2年3年となればまったく確信は持てない」と言って最後まで英米との和睦を進言していた由。

そして戦況はその言葉の通りに展開していった。開戦当初の奇襲作戦による多大なる成果や、次々にあがる南方戦線での華々しい戦果に、国民は総じて酔いしれ大いに沸き立ち、ラジオから流される度ごとの大本営発表に欣喜雀躍。世論は一気に戦争一色に染まっていった。ただその後の負わねばならぬ大いなる代償については、ほとんどの国民は予想だにしていなかった。ちなみにニイタカヤマ（新高山）とは台湾で最高峰の山で、標高は3952メートル。当時の台湾は、道義上の是非は措くとして日本領であり、よって日本国では最高峰とされていた。そして現地では玉山《ユイシャン》と呼ばれていたその山を、新高山と名付けていた。

単色に祖国を染めし開戦日

1941年・昭和16年

第7話「パールハーバーの記憶」

1941年12月8日。日付け変更線の関係上、アメリカにおいては、12月7日が日米開戦日となる。ハワイ・オアフ島のパールハーバーに慰霊施設「戦艦ミズーリ記念館」があるが、現にそこの記念碑には、日米開戦は12月7日と明記されている。

常に多くの日本人が訪れているが、その碑を見て大概の方は一様に驚かれる。日付け変更線については、頭で分かっているのと、現実に認識するのとでは、些か感覚が異なるようだ。

なお、同施設内に沈んでいる、というより、沈んでいる戦艦の上に施設が作られているのだが、その戦艦ミズーリからは、今でも燃料が漏れていて、常に少しずつオイルが浮き上がっている。日の丸飛行隊によって撃沈された戦艦にあっては、未だ太平洋戦争は終わっていないのか。

今もなお〝ウイ・ドント・フォーゲット・パールハーバー〟ということのようだ。

十二月七日と記す碑真珠湾

1942年・昭和17年

第8話　「〝yes or no〟マレーの虎」

1942年2月15日、シンガポールのブキテマ高地北部にあるフォード工場の事務所において、太平洋戦争の後世に残る会談が行われた。日本側の山下奉文中将とマレー・イギリス軍司令官のパーシバル中将との間で行われた、現地におけるトップ会談である。

この時、山下中将はパーシバル司令官に対して「イエスかノーか」と、イギリス軍に降伏を迫ったと伝えられている。いかにも傲岸不遜なやり取りに映る。ところが実際にはそうではなかったらしい。実はこの時の通訳に曖昧なところがあったようで、彼は単に〝諾否の確認〟をしただけだったのだとか。それが強引に降伏を迫った如くに曲解されて母国に、そして後世に伝えられていった。

いわば戦時における戦意高揚の気運が作り上げていった話のようだ。さもありなん。当時の日本にはそうしたことを求める空気が、すべてを支配していたことは容易に察しがつく。後にその山下中将は、この一件をもって「マレーの虎」と称され、豪傑視され、英雄像が作り上げられていく。

ただ、日本の意気が上り勇ましかったのはこのあたりまでで、この後は形勢が逆転し、各地で敗退が続き悲劇を迎えることになる。

常夏の猛虎咆哮民の沸く

1942年・昭和17年
第9話「戦の分岐点・ミッドウェイ」

1942年6月5日、南太平洋のミッドウェイにおいて日米が激突。アメリカ軍の猛攻を受け、空母の「赤城」「蒼龍」「加賀」が大火災を起こし、加えて「飛龍」にも敵弾が命中し炎上。その旨を報告する打電には「敵空母4隻依然存在。わが母艦は作戦可能なるもの皆無なり」と。

1941年12月の開戦からわずか半年ほどで、日本軍は決定的な敗北を喫したのだ。なお、一般国民には大本営発表として「米空母一隻撃沈、我が方損害空母喪失一、同大破一」と、損害は軽く、戦果は誇大に伝えていた。

そしてこの時点より形勢は一挙に逆転。主力となる多くの艦船を失い戦闘能力を喪失した連合艦隊は抗う術を持たず、次々と拠点が撃破、攻略されていく。

実はこの裏にはさまざまの謀略戦があり、日本側の作戦のほとんどは米軍の知るところとなったという。つまり戦う前からすでに暗号のすべてが解読されるという〝情報戦〟に敗れていたのだ。

戦況の詳細を述べる紙幅を持たないが、日本軍の戦力及び動きのすべてをあらかじめ察知していた米軍側は、準備万端整えて待ち構えていた。そこへ真珠湾の夢よもう一度と仕掛けていった日本軍はたちまち米軍の餌食となってしまったのだ。

古くより戦いの多くは情報戦にあり、概ねこれを制したものが勝利を収めている。もちろん日本軍もそのことには充分努めてはいたであろうが、米軍の方がそれに先んじていたというわけである。戦については、古来より「正をもって合し、奇をもって勝つ」という孫子の兵法がある。つまり戦いは先ずは正々堂々とぶつかり合う。さりながら、そのままではほぼ力通りの結果となってしまう。そこで〝奇〟すなわちアイデア、策略をもってすれば、そこに力関係を超えた勝機も生まれる、というのだ。

この場合の「情報」が言うところの〝奇〟であったのか。アメリカの力を侮るつもりなどは毛頭ないが、それまで互角以上に戦っていた日本軍はそのことによって破れていった。どんなことにせよ、後で言うのは簡単だが。

わだつみの声のそここ炎天下

1942年・昭和17年
第10話「学徒出陣」

１９４２年6月のミッドウェイ海戦の敗戦より戦局は逆転し、翌年のガダルカナル撤退、アッツ島玉砕と時局は暗転。そして１９４３年の学徒出陣に及ぶ。学徒とは、太平洋戦争における兵力の不足を補うために動員された若者で、高等教育機関に学ぶ20歳以上の文科系、及び農学部農業経済学科などの学生たちである。

なお、さらに戦局が悪化する１９４４年10月以降は19歳まで年齢が引き下げられた。こうした彼らは、学業の途中で戦地への出陣を余儀なくされたわけである。

筆者は製菓業を生業としているが、さまざまな菓子に関わる書籍や菓子作りの道具類のコレクターでもある。何年か前に訪れた長野県上田市にある古物店で、和菓子の打ち物の型が目についた。手に取ったその型には、鉄兜、大砲、銃剣、戦車、そして萬歳の文字が彫られている。明らかに太平洋戦争当時の物だ。思わず息を呑んだ。この型を使って打ち出された落雁をもらった若人が、意気揚々と灼熱の、あるいは極寒の戦地に赴き、多くがそのまま帰らぬ人となった。

たった一片のお菓子を持って送り出され、何事もなければ咲いたであろう花を、一輪も咲かすことなく散らしていった多くの命を想うと、思わず胸に熱いものがこみ上げてくる。たかが菓子型、されど菓子型。そんな悲しい人生をたくさん秘めた歴史の生き証人、それがこの菓子型なのだ。あだやおろそかには扱えない。
お譲り頂いた後、神棚に上げ、仏壇に報告し、その後大切に保管し、今に至っている。

赤紙と菓子持て灼けし地に学徒

1943年・昭和18年
第11話 「壮行・最後の早慶戦」

1943年10月16日、早稲田大学と慶應義塾大学の野球部による、出陣学徒壮行早慶戦が、早稲田大学の戸塚球場において行われた。太平洋戦争中に行われた最後の早慶戦にして、アマチュア野球の最終戦である。結果は10対1で早稲田大学の勝利となったが、勝敗を度外視したゲームであり、双方がすべてを掛けた平和へのメッセージでもあった。戦時にあって、一日も早くこうしてゲームを楽しめる日がくることを願っての交流試合だったのだ。

この後彼らはバットやグラブを置き、その手に銃を持たされ戦地へと送られていった。そしてその多くがそれぞれの地の土に……。当時を顧みるものとして必ず取り上げられるニュースであり、ご存じの向きも多かろうと思われるが、悲痛な場面であり、二度とこのような世にしてはならないと誰しもが思う。

未来見ぬ学徒等の目にいわし雲

第12話　「嗚呼・南方戦線」

1943年・昭和18年

筆者は江戸っ子で神田の生まれながら、葉山という海辺の育ちでもある。よって製菓業を営むかたわら、ダイビングやシュノーケリングを趣味として世界中の海に潜っている。アジア圏のセブ、バリ、プーケットからお馴染みのハワイやグアム、ニューカレドニアといった南太平洋、そしてオーストラリアのグレート・バリア・リーフ、他地域ではインド洋のモルディブ、アラビア海のドバイ、地中海のマルタ島、大西洋のカナリア諸島、そして潜るべきところではない死海にまで潜って、死ぬほどの目の痛みに襲われたこともある。

　さて、そうした中でどうしても潜ることができなかったところがある。サイパン島である。南方の多くの島で、かつて日本兵が筆舌に尽くしがたいご苦労をされた旨は周知のことだが、特にサイパンでの邦人の悲劇は胸が張り裂ける思いがする。バンザイ・クリフといわれた同島最北端のあの岬を訪れた方ならお分かりと思うが、万感の思いに至る。密林に潜み、追い詰められ、ついにはあそこで最後の決断をする。あるものはその断崖から、あるものは洞窟で……。そんな多くの方の無念を思うと、とても楽しむ気持ちになどなれはしない。あそこは無邪気に遊ぶところにあらず、祈りの場との思いを新たにし、諸道具は陽の目を見ることなくそのまま帰途に就いた。

密林に召さるる英霊星月夜

１９４４年・昭和19年
第13話「戦艦『武蔵』」

１９４０年の項でも述べたが家族でパラオに行った折にこんなことがあった。パラオとは南太平洋に浮かぶ島にしてひとつの共和国である。そしてここのペリリュー島での戦いは太平洋戦争史上でも特筆に価するほどの壮絶な戦いが繰り広げられた場所としても遍《あまね》く知られている。

この旅で一組のお歳を召したご夫婦と出会った。「南洋神社」の項で述べさせて頂いた古兵・尾高任氏と同夫人である。お話を伺うに、かつて巡洋艦に乗っており、このパラオに来ていたという。残されている焼けただれた戦車に見入り、さすりしみじみとされていた。まさに追憶の旅であろう。私たちもそうした戦車のひとつひとつにペットボトルの水を注いだ。親しくお話を伺っていて、さまざまなことをお教えいただいた。戦争とは「一瞬先は闇」だという。一寸ではなく一瞬……。実体験に基づいたお言葉故、実にリアリティーに富んでいる。そして海の方を指さし「あそこに『武蔵』がいたんですよ」とも。帰って来て改めて戦艦『武蔵』について調べてみた。

大日本帝国海軍の大和型戦艦の姉妹艦で、基準排水量は６５０００トンという。１９４０

年に進水し、1942年8月5日に就役。当時戦局はすでに不利な状況になり始めていた。1943年1月18日に呉を出港しトラック島に向かい同月22日に到着。ここで同艦は「大和」に代わって連合艦隊の旗艦となった。しかしながらトラック諸島から動くことなく、戦艦「大和」が「大和ホテル」と言われた如く、「武蔵御殿」とか「武蔵旅館」などと揶揄されていた。

4月18日に山本五十六元帥が無念の最期を遂げ、戦局はさらに悪化。時局はますます暗転していく。「武蔵」は元帥の遺骨を乗せて東京湾に戻り、天皇の行幸を受ける。そして7月31日に改めて日本を出港し、再びトラック島に到着。翌1944年2月10日に同島を発ち一度横須賀に戻るが、トラック島が米軍の手に落ちたことから、同艦は軸足をカロリン諸島のパラオに移すべく横須賀を出港。2月29日にパラオに到着。この時、先に述べた古兵氏はこの「武蔵」を目の当たりにしていたものと思われる。

3月29日、パラオに迫る米軍に対し、司令部を陸上に移すためダバオに移動中、米潜水艦の魚雷を受け、4月に修理のために一旦《いったん》帰国。その後タウィタウィに着き、次いでバチャン島に赴き、4月16日、「大和」とともに戦列に加わり、マリアナ沖海戦に参戦。しかしながら最新式レーダーを装備した米軍により返り討ちに遭い、「大鳳」、「飛鷹」、「翔鶴」といった主力空母を失い、事実上日本の機動部隊は壊滅する。

次いでフィリピン中部のレイテ沖海戦、シブヤン海海戦に赴く。そして１９４４年10月24日、米軍機による激しくかつ執拗な攻撃に遭い、壮絶な戦いの末、多くの犠牲者を出しながら撃沈され、海底深く沈んでいった。

南風《みなみ》吹く沖に武蔵と古兵言ふ

1945年・昭和20年

第14話　「戦艦『大和』」

大日本帝国海軍の総力を挙げ不沈艦として建造された戦艦「大和」が、米軍の猛攻撃を受け、１９４５年４月７日善戦空しく撃沈された。同艦は大日本帝国海軍によって建造された大和型といわれる史上最大の戦艦の一番艦で、唯一46センチ砲を搭載していた。ちなみに前項の「武蔵」は二番艦である。なお同艦は１９４１年12月16日に就航している。真珠湾攻撃の８日後である。ということは戦艦「大和」の就航を見越しての開戦であったのか。そして翌２月12日に連合艦隊旗艦となった。司令長官は元帥・山本五十六である。

その後1943年2月に、改良がなされた「武蔵」がトラック島に進出した際に、連合艦隊旗艦の任務が移譲された。その後なかなか本格的な出番がなかったが、1944年6月のマリアナ沖海戦に参戦し、次いで同年10月のレイテ沖海戦にて、米軍の護衛空母部隊に対し46センチ主砲をもって攻撃を実施。そして翌1945年4月7日の天一号作戦（大本営立案による「天号作戦」の一部で、「大和」を始めとした海軍連合艦隊の生き残りによる、沖縄方面への水上攻撃作戦）において、第二艦隊の旗艦として沖縄方面に出撃したが、坊ノ岬沖で米軍機に発見され、「オーッまるで島だ」と言わしめたという。そしてそこでの海戦で米軍の延べ一千機による襲撃を受け、こちらもまた先の「武蔵」同様壮絶な戦いの末、海底深く身を沈めていった。

顧みるに、巨艦同士で激突し雌雄を決するという時代は終わりを迎え、戦いは空母主体による戦闘機の時代に入っていた。そうしたところへの「大和」であり「武蔵」の建造であった。いわば巨艦時代の最後を務めた二艦であったと言えようか。その二艦とともに、大日本帝国海軍は終焉を迎え、太平洋戦争は終結に向かっていった。

なお、史上最大の戦艦と謳われた大和伝説は、後年松本零士作の『宇宙戦艦ヤマト』に引き継がれ、永遠に語り継がれるところとなっていく。

高天に大和の魂《たま》とかの雄姿

１９４５年・昭和20年

第15話　「神風」

１９４５年、大日本帝国海軍によって編成された航空機による体当たり攻撃部隊で、正式名は「神風特別攻撃隊」だが、単に「神風」もしくは「神風特攻隊」と称された。読み方については、通常なら音読みで「しんぷう」であろうが、当時ニュース映画でこれを訓読みで「かみかぜ」と読んだことから、そのように定着した由。

そもそもは１９３１年にすでにその構想があったというが、具体的になるのはもう少し後で、１９４３年４月、東條英機陸軍大臣は局長会議にて、「一機対一艦の体当たり」を説き、「すでに海軍では、空母に対し体当たりで行くよう訓練している」と述べ、特攻精神を強調している。また戦局のひっ迫してきた１９４３年６月には「特別攻撃隊」の構想が実質的にまとめられた。

１９４４年６月、マリアナ沖海戦で大敗を喫した日本海軍は、「もはや体当たり攻撃の他に戦局を挽回する手段はない」との結論に達した。その後さまざまないきさつはあったものの、計画は着々と進められていった。一方戦局はますます悪化の一途をたどり、日本はいよいよ追い詰められていく。

そして10月21日、神風特別攻撃隊の第一陣が、サマール島東方海域に発見したという敵艦隊に向けて勇躍飛び立っていった。その後、終戦直前まで繰り返された同作戦は、敵艦隊に甚大な被害を与えるという大戦果を挙げた場合も少なくなかったというが、目的果たすこと能わず撃墜される機も数多。的中率18・6％という数字がすべてを物語っている。

さりながら爆弾を抱えてそのまま突っ込んでくるゼロ戦の自爆攻撃が、敵軍に与えた恐怖心は甚だ大きなものがあったやに聞き及ぶ。また荒鷲とも呼ばれた彼らの敢闘精神は、敗色濃厚な状況下にあって意気の上がらぬ軍や国民の心を大いに揺さぶった。

祖国を想いつつも、家族や恋人の写真とともに大空に散っていった若人たちの心情を推し量るに、我々の今の平穏な生活が彼らの犠牲の上に成り立っていることを、決して忘れてはならない。

なお伝えられる戦果については、損傷の程度の見極め方にもよろうが、例えば撃沈57隻、戦力を完全に喪失させたもの108隻、船体及び兵員に甚大な損害をあたえたもの83隻、軽微な損害206隻とするものや、別の記録では撃沈ないしは修理不能が66隻、損傷が400

隻等々、カウントの仕方によりさまざまな戦果が伝えられている。
そして帰らぬ荒鷲の命は６３７１人ともそれ以上とも……。

荒鷲の散らせし未来雲の峰

1945年・昭和20年
第16話　「回天」

「回天」とは大日本帝国海軍によって開発された人間魚雷である。その構想は太平洋戦争当初にはすでにあったというが、具体的に表立ってくるのは、この戦の分岐点といわれるガダルカナル島の戦いが終わりに近づいた１９４３年初頭とされている。そして１９４４年７月、サイパン島玉砕を受けて試作が繰り返され、マリアナ沖海戦後、「後進ができない」「舵が推進器の前にあるため旋回半径が大きく航行艦への襲撃が困難」「耐圧深度が不足」等の問題点を抱えながらも、計画は推進され、１９４４年8月1日に正式に兵器として採用された。なお「回天」の名は、明治維新の船名からの命名という。

そして同11月20日、ウルシー泊地攻撃が「菊水隊」により敢行され、米軍の給油艦「ミシシネワ」を撃沈して初戦果を挙げた。その後この「菊水隊」に続いて「金剛隊」「千早隊」「神武隊」「多々良隊」「天武隊」「振武隊」「轟隊」等が編成されていった。その攻撃が成果を挙げたことも美談として残されているが、その実多くが無念の涙を飲んでいる。なお沖縄戦も終結し、日本の敗色が濃厚となった1945年7月には、大日本帝国海軍は、参戦可能な全潜水艦兵力を回天作戦に投入することを決定し、「伊四七」潜、「伊五三」潜、「伊五八」潜、「伊三六三」潜、「伊三六六」潜、「伊三六七」潜の計6隻を、「多聞隊」と名付けて出撃させた。この名称は武神多聞天から採ったものという。

そして同7月24日、沖縄と米軍各拠点を結ぶ補給線上で米軍を待ち受け、その旗艦たる護衛駆逐艦「アンダーソン」を撃破するという戦果を挙げた。この多聞隊はこのほか、パラオ戦上、東方海域、グアム戦上、沖縄日本本土戦上等でも大きな戦果を挙げ、その成果は終戦後米軍から、終戦前の日本海軍の大きな成功例として高く評価を受けたほどであった。なお残されている記録によると撃沈が戦艦2隻、与えた損害5隻とされている。

しかしながら、いかなる理由があるにせよ、このような形であたら若い命が海に、また先の神風特攻隊に見られるごとく空に散っていくことが、許されようはずがない。美談としてではなく、あくまでも決して繰り返してはならない悲劇として永劫語り継がれねばならぬことではあるまいか。

兵《つわもの》の何を伝へむ虎落笛《もがりぶえ》

１９４５年・昭和20年
第17話　「３・10東京大空襲」

太平洋戦争における最初の日本本土への空襲は１９４２年４月18日に行われたが、それは空母からの陸上爆撃機によるもので、東京には13機が飛来し犠牲者が出た。その後はしばらく鳴りを潜めていたが、１９４４年６月15日小笠原に空襲があり、次いで１９４４年11月24日より、米軍の「Ｂ29」による東京への空襲が始まった。その後延べ60回を超える襲来があったが、当初のそれは中島飛行機などの航空機工場や産業都市に重点を置いた、いわゆる戦略爆撃であった。

しかしながらその後の空襲は市街地にも及び、11月29日から30日にかけてはそうした地域に焼夷弾が落とされた。翌１月27日には銀座や有楽町といった繁華街にも及び、２月25日には東京の下町に172機の「B29」が飛来し、195人の犠牲者を出した。次いで3月4日も159機が飛来し、東京の区部を広範囲に襲撃、650人の命が奪われた。顧みるに前年11月から翌3月4日までにおよそ2000人超が亡くなっている。

そして最も激しく、甚大な被害をもたらしたのが3月10日の東京大空襲であった。米軍の作戦は、住宅が密集し人口密度の高い地域を焼夷地区1号に指定し、そこを先ず焼き払うことであったという。当時の東京でいえば、本所、深川、浅草、日本橋等の地区であった。また築地や神田、江東といった市場、加えて東京、上野、両国といった各駅、さらには墨田川鉄橋なども目標として定めていた。

時期については大風が吹き荒れる3月に照準を合わせていた由。そして同日夜間、そうした下町に1665トンもの焼夷弾を低空より投下。先ず大型の50キロ弾を4か所に落として消火活動を麻痺させる。次いで小型の油脂焼夷弾を落としていき、それはまたその後の投下のための照明の役割りも果たしたという。米軍の目論見通りか、折からの北風や西風の強風により、火災はたちどころに東や南に広がり、本所や深川地区の全域、浅草、神田、日本橋のあらかた、下谷東部、荒川南部、向島南部、江戸川区の西部等、下町の大部分が焼き尽くされた。被災家屋27万戸、被災者はおよそ100万人を数えた。

私事で恐縮ながら、私どもの住んでいた神田は住宅も密集しており人口密度も高い。まさに米軍の襲撃目標の第一地区にあり、降り注ぐ焼夷弾に辺りは瞬時にして火の海と化した。母は生まれて６カ月の私の頭に防空頭巾をかぶせ、上からバケツの水をぶっかけて背負い、２歳になる私の姉の手を引き、落ちてくる焼夷弾を避け、右往左往する多くの人とともに火の海の中を逃げ惑った。まさに阿鼻叫喚の地獄絵図である。

追い詰められた人々は、大川と呼ばれている墨田川に次々に飛び込んだというが、その上を強風にあおられた火が舐めるように襲い、数え切れぬほどの命がそこでも失われた。生き残ったのが奇跡とも思えるが、こんな話を聞かされては、親には終生頭が上がらない。

なおその後、５月14日に名古屋、６月１日に大阪と各大都市圏への大空襲が続く。

母の背弥生《せな》十日を逃げまどふ

1945年・昭和20年

第18話　「『B29』の記憶」

「B29」襲来の頻度は日増しに高まり、空襲は常態化していった。聞いた話によると、操縦者の顔が見えるほどに低空飛行をし、その顔は笑っていたという。笑いながら人を撃つ。なんという怖い話だ。戦争は人を狂わせるとは本当のようだ。

実は私はその空襲の記憶を持っている。〝空襲警報！敵機襲来！〟の声で、慌てて家族ともども押し入れに隠れた。暗い、暑い、怖い、息苦しい、でも声を挙げてはならない。必死で耐え、息を殺した。押し入れの唐紙の隙間から、仙元山《せんげんやま》と呼ばれる裏山と真っ青に晴れ渡った青空が見えた。とそこへ夏雲を突っ切り、広がった青空を切り裂くように飛行機が飛んで来た。私は家族に頭を押さえつけられ外が見られなくなった。しばらくすると押さえつけていた手が緩められ、頭を上げた。「フーっ行ったぁ。もう大丈夫」と誰かが言った。母の声だったか姉であったか。しかしながらよく考えるとどうにも腑に落ちない。私は昭和19年9月生まれ故、終戦直前の夏はまだ1歳にも満たない赤ん坊である。その赤ちゃんに、「B29」の襲来の記憶があるものか。知人の物知りに聞いたことがある。「そんなこと、普通だったらあり得ないだろう。ただよほど強烈な出来事であったら、もしかしたら記憶に残ることもあるのかもしれないなぁ」との答えが返ってきた。

それにしてもあれは本当に体験した記憶なのか、自分でもよく分からない。もしかしたらもの心がついた頃の「戦争ごっこ」だったのか。おそらくはそうだったのかもしれない。普通に考えたら、1歳未満の記憶があるなど先ずはありえないことだ。さりながら自分の脳裏にはその光景が、未だはっきりと残っているのだ。不思議でならない。やっぱりあれは戦争ごっこだったのかなぁ。だとしても、遊びが「『B29』ごっこ」とは穏やかではない。やはりとんでもない時代だったようだ。

毎年終戦記念日が近づくと、決まってそんなことを思い出す。

終戦忌戦は人を鬼とせり

１９４５年・昭和20年
第19話　「ひめゆり学徒隊」

「ひめゆり学徒隊」とは、ご存じの如く戦況のひっ迫する１９４４（昭和19）年12月に、沖縄において看護訓練によって結成された女子学徒隊のうちのひとつで、沖縄師範学校女子部と沖縄県立第一高等女学校の教師と生徒で構成された部隊の名称である。なお「ひめゆり」とは沖縄県立第一高等女学校の学校広報誌『乙姫』と、沖縄師範学校女子部の学校広報誌「白百合」を合わせて「ひめゆり」となった由。そう名付けられた彼女等は、激戦の最前線にあって否応なくその渦中に巻き込まれていくが、その最たる悲劇は翌年から始まる。

アメリカ軍の上陸目前の1945年3月23日、両校の生徒222人と引率の教師18人の計240名からなるこの学徒隊は、沖縄陸軍病院の看護要員として動員された。同病院は40ほどの横穴壕の土壁に2段ベッドを備えて負傷兵を収容していたが、患者の増加に従い悲惨を極めていった。そして敗色が濃厚となった6月18日に突然解散命令が出され、同部隊は逃げ場を求めて島の奥地へと敗走を重ねていく。恐怖におののき、まともな食べ物もなく、疲労は極限に達し、最終的には240名中136名が命を落としたという。また、そのうちの10名（教師1名、生徒9名）は荒崎海岸において集団自決をしている。これについては強制集団死とも伝えられている。

自決の強制とは……。言葉を失う。〝鬼畜〟と教えられた米軍の餌食になるよりはこの子たちを清いままにと、苦渋の決断を下したに違いない引率教師の心情を想うと、さらに胸が張り裂ける。加えて教育と思い込みの怖さをも思い知らされる。また隣の洞窟では米軍の銃の乱射で3名が重症を負っている。

なおこの他に「白梅学徒隊」「なごらん学徒隊」「瑞泉学徒隊」「積徳学徒隊」「梯梧《でいご》学徒隊」「宮古高女学徒隊」「八重山高女学徒隊」「八重農学徒隊」の8つの学徒隊が存在したという。

平時であったら娘盛りの花の十代を謳歌したであろう少女たちが、その花咲く前に無念のうちに散っていったのだ。何という辛くむごい話ではないか。また生き残った教師や生徒たちも、その後の人生に計り知れぬほどの重い荷を負って歩むことになる。

こうしたことについては、これまでにも『太平洋戦争と姫ゆり部隊』や『ひめゆりの塔』、『あゝひめゆりの塔』等いくつもの映画化がなされ、また活字化され、ドラマや舞台に、ミュージカルにもなって今に伝えられている。

どんな形にせよ末代までも伝え続けねばならない責務を、残された我々は負っている。

ひめゆりの蕾《つぼみ》のままに幾星霜

１９４５年・昭和20年
第20話　「原爆投下」

１９４５年８月６日、午前８時15分、米軍の「Ｂ29」爆撃機「エノラ・ゲイ」が広島に飛来し、ウラン型原子爆弾を投下。上空６００メートルで炸裂した同爆弾は、一瞬にして超高温と放射線を発し、すさまじい爆風とともに、瞬時に同市を焼き尽くした。「新型爆弾」と呼ばれたそれは、人類が初めて使用した核兵器で、それまでとは比較にならないほどの甚大なる被害をもたらした。爆心地から半径2キロは完全に焼き尽くされ、広島市は一面焼け野原と化した。爆発時の熱線やそれによる火災での焼死、爆風による圧死、その後の放射能による後遺症など、未だに正確な被災の実態が明確になっていないが、広島市は同年末までにおよそ14万人の命が奪われたとしている。

また、その3日後の8月9日、午前11時2分、今度は長崎において「ボックスカー」と呼ばれる「B29」爆撃機により、プルトニウム型原子爆弾が落とされた。これも先の広島同様、一瞬にして街を焼き払い壊滅状態にさせ、多くの命を奪い去った。犠牲者は同年末までにおよそ7万4千人といわれている。広島にせよ長崎にせよ、今に至るも放射能による後遺症に多くの人が苦しんでいる。

アメリカ側では、戦争の早期終結のためにあえて核爆弾を使用し、これによってその後に起るであろう多くの被害を未然に防ぎ、且つ多くの人命を守ったとしている。さりながらどのような理由にせよ、一瞬にして多くの命を奪うことが許されるものではないし、いかなる言葉も核の使用を正当化し得るものではない。否、戦争そのものの何処にも、正義なるものは見出し得ない。過去の過ちは決して消し去れるものではないが、多くの犠牲を払って得た教訓は、言い古された言葉とはいえ決して風化させてはならないし、孫子はおろか永劫人類の未来に活かさねばならない。

後年筆者はワシントンＤＣの「スミソニアン航空宇宙博物館」で、人類初の月面着陸を行った「アポロ11号」の模型とともに展示されているその「エノラ・ゲイ」を目の当たりにした。〝一瞬にして10数万人の命を奪ったのはこれか〟と息を呑んだ。そして体中の血が凍りついた。

過去は不変未来は可変原爆忌

１９４５年・昭和20年

第21話　「玉音放送」

１９４５年８月15日正午、ＮＨＫラジオ第一放送から、天皇陛下のお言葉が流された。それは通常「玉音放送」と呼ばれている「大東亜戦争終結ノ詔書」であった。１９４１年12月８日（日本時間）から続いた太平洋戦争に終止符を打つべく、連合国側の提示したポツダム宣言を受諾し、無条件降伏した旨を国民に伝える目的で行われたものであったのだ。

ただ、国際法上で日本が正式に降伏したのは、それから半月後の9月2日で、連合国側への降伏文書が交わされた日を言う。よってそれまでは法的には戦争継続状態にあったということになる。

当日ラジオから流された「耐え難きを耐え、忍び難きを忍び……」で始まる、初めて聞く陛下のお声に全国民が耳を傾けた。当時の録音技術やラジオの性能もさしていいとも言えない中、途切れ途切れに聞こえてくる陛下のお言葉に、最初は意味も分からずに聞き入っていた人も少なからずいたという。そして多くの人がその中にただならぬものを感じ取り、しばし後それが終戦を意味するものと改めて理解した由。今聞いてもなかなか難解で聞き取りにくいものがあるが、それでもその中に、言われるまでもなくただならぬものを感じ取ることができる。

それを聞き、さめざめと、あるいは号泣した人も多く、さらには慟哭の末に自害して果てた人さえおられたというが、親から聞いたところでは、その意味が分かった瞬間「あ〜、これで助かった、生き延びられた」と先ずは安堵し、次いで身体中から力が抜けていったという。ただそんなことを、正直にまた大っぴらに言うと非国民扱いされかねないので黙っていたというが、他の人に伺っても、おおかたが同じようなことをおっしゃっておられたやに記憶している。

外地で戦っていた兵士たちはもとより、内地においても、女性陣の銃後の守りから年少者の軍需工場における勤労奉仕に至るまで、国民等しく命を懸けて戦っていたのだ。それが終わった。

「あ～よかったぁ」とまずは安堵し、次いでいろいろな思いを含む涙がとめどなく……。

巡る八月六日九日十五日

第2部

終戦

〈焼土から復興へ〉

1945年・昭和20年

第22話　「8・15終戦忌」

戦争は人を狂わせる。何しろ人を殺めるために駆り出されるのだ。殺めなければ自分がやられる。とても正気の沙汰とは思えない。平時であるなら人を傷つけ、いや手を上げただけでも非難され、場合によっては犯罪とみなされる。

にも拘らず上からの命令で、相手を殺すための鉄砲なり銃剣なりを持たされ、砲弾を放ち、地雷を仕掛け、戦車で相手方を蹂躪し、誰に当たるか分からぬままに空から爆弾を落とす。その下には、静かに平和に暮らしている家族がいるのだ。敵と相対して戦う時は、おそらく誰しもが国のため、もしくは守らねばならぬ家族のために命を懸けていようが、その実相手も同様に彼らの家族のために銃剣を持っているのだ。

そんなことを考えていたら戦いにならないことなど百も承知だが、それにつけても冷静になればなるほど、戦争はばかげた行為というほかはない。戦いの最中は述べた如く鬼になっていた人も、それが終わった途端に目が覚めて、ようようにして鬼から人に戻るようだ。戦地から帰ってきた人たちの多くが、戦争のことを語りたがらないというが、さもありなん。

敵味方を問わず、平時にいる者にはとうてい分かり得ない、人には言えぬいろんなことがあったに違いない。何となれば、それが〝戦争〟というものなのだから。

仕舞込めぬことの山ほど敗戦忌

1945年・昭和20年
第23話　「直立不動の葬送」

戦中戦後の状況を伝える多くの写真の中に、ぐったりとしている幼い子を背負い、直立不動の姿勢で前方を直視している少年の写真がある。戦後を回顧する写真展などでは、必ず掲げられるもの故、ご存じの方も多かろうと思う。見たところその少年は6、7歳くらいで、背中の子は1、2歳ぐらいか。

着ている衣類から見るに、どうやら女の子のようだ。そして兄は両手をまっすぐに伸ばし、毅然と前を見つめている。おそらく背負っている幼子はもう亡くなっているようで、彼はその子が荼毘に伏される順番を待っているものと見える。

察するにこの子たちのご両親もすでに亡く、彼が一人で行っている妹の葬送の儀ということか。親類縁者などもいないらしい。それでも彼は涙をこらえて毅然と前を向き歯を食いしばり、文字通り直立不動の姿勢で、たった一人で兄としての務めを果たすべく妹を旅発たせようとしている。

身元も分からぬまま、あるいは遺骨さえ戻らぬ人の多い中、見送ることができるだけでも幸せと思わなければならぬ時勢なのかもしれないが、見る人の胸を打つ、辛くたまらない写真だ。その後あの混乱期を、この少年は身寄りもない中、どうやって生き抜いていったのか。それにしても何と重たい写真だろう。

今の豊かな時代にあって、一葉の写真から思うことさまざまである。

妹負ひ直立の子や終戦忌

1945年〜・昭和20年〜

第24話 「英霊碑」

終戦後しばらくは、国民等しくただ食べることに精一杯で、正直言ってその他のことにとても気が回るような状況ではなかった。しかしながら、そんな折、全国のあちこちに鎮魂のための慰霊碑や英霊碑なるものが建てられていった。

だが、その慰霊されるべき御霊の多くは、当時赤紙と呼ばれた召集令状によって駆り出された人々であった。そしてその召集令状の郵送料としてそこに貼られた切手代は、一通に付き一銭五厘であったという。人の命が一銭五厘とは何ともやるせない。

軍にしてみれば、頭数に不足が生ずれば一人に付き一銭五厘でいくらでも集めることができたのだ。〝人一人の命は地球より重い〟などという言葉がいかにも空しく聞こえる。

また無念の涙のうちに果てたであろう英霊たちの死亡通知も、同じく一銭五厘であったという。

終戦や一銭五厘の英霊碑

1945年・昭和20年

第25話 「東京ローズ」を探せ

東京ローズとは、太平洋戦争中、英米豪といった連合国に対し、日本軍がラジオで呼びかけたプロパガンダ放送の女性アナウンサーに、アメリカ軍将校が付けた愛称である。ラジオトウキョウ放送(現在のNHKワールド・ラジオ日本)でそれを行い、望郷の念を起こさせたり、戦意喪失させることなどを目的として、捕虜となった者からの家族あての手紙の紹介などをしていた。そもそもは1942年2月に遡るが、当時の軍の発案によるもので、捕虜の中にいるオーストラリアのABC放送のアナウンサーやアメリカのフリーアナウンサー等を使って始めたものという。

それは『ゼロ・アワー』というタイトル名の、音楽とおしゃべりを中心とした、いわゆるディスクジョッキー的な番組で、米軍捕虜が連合国軍の兵士たちに語りかける形をとっていた。なお、英語を話すそうしたアナウンサー役の女性は、一説によると20人とも言われるほどの数がいたというが、未だにほとんどの人の本名は分かっていない。当初は「みなしごのアン」と名付けられていたが、それ以外の愛称もなかった。が、そのうちに、それを聞いていた米軍兵士たちの間で「東京ローズ」と呼ばれるようになっていった。

終戦後、来日した米軍の記者たちは血眼になって東京ローズを探し回ったが特定できず、ラジオトウキョウ放送側も〝そのように名乗った女性は一人もいない〟と回答した。ところが米軍記者の取材に対し、アイバ・戸栗・ダキノ（アイバ・戸栗郁子）という女性が、そのことを認め、アメリカに帰国後国家反逆の罪に問われた。しかしながら兵士たちの証言した東京ローズと声の質が違う、あるいは放送内容が異なるなど、はっきりとした一致点を見出し得なかった。その後何人かがその可能性が高いとされながら特定しきれず、多くの謎を秘めたまま霧の彼方に消えゆき、いつしか人の口の端にものぼらなくなっていった。

しかしながら大戦中のあの折「東京ローズ」は確かに存在し、多くの連合国の兵士たちに望郷の念を呼び起こさせ、彼らの心を時に激しく揺さぶり、あるいは甘く切なく虜にしていたのだ。

夏の夜の夢と「東京ローズ」消ゆ

1945年～・昭和20年～

第26話　「五燭灯」

五燭とは豆電球の如き光の弱い電球で、手洗いなどに使われていた。しかしながら戦時中はこれさえも灯火管制の下に制約されていた。戦争さなかの、特に戦況が芳しくなくなってきた頃から、盛んに灯火管制が敷かれた。灯りを付けることさえ厳しく制限されたのだ。そしてそれは日増しにひどくなっていった。米軍機による本土への飛来が日常化してきたのだ。そこで敵軍の攻撃目標にならぬよう、住民は等しく鳴りを潜めねばならない。特に夜などはちょっとした灯りも絶対に禁物である。

突如〝空襲警報ハツレーッ〟とサイレンがけたたましく鳴り響くと、各家々は一斉に灯りを消す。上空に飛来する「Ｂ29」からは眼下のどんな灯りも見えるといい、またその見つけた灯りを目標に爆撃するという。たとえ一本の煙草の火も見逃さないとか。よってもし仮に掟破りがいたら皆して厳しく当たることになる。その灯ひとつによってその近辺の全員が命を失うことになる故に。まさに生きるか死ぬかの毎日であった。

さて終戦後、自由に灯りが付けられるようになったことに、何ともいえぬ喜びを感じたという声をよく耳にした。ただその後も節約精神は変わらず続き、お手洗いなどの灯りは最低限度ものが見えればいいということで、しばらくの間五燭という、まこと薄暗い電球が使われていた。それでも、灯火管制の頃を思えば何のことはない。その誰にも遠慮のいらない煌々と輝く五燭の灯りに、国民は等しく平和の有難さをしみじみ感じたものであった。

もちろん我が家も、しばらくトイレだけは五燭であったと記憶している。今の若い人たちにそんな話をしても通じないだろう。「五燭？ なにそれ、マジー？」で終わってしまいそうだ。

憚《はばか》りに五燭煌々終戦忌

第27話 「再起再建」
1945年・昭和20年

終戦直後の焼野原の実際の光景を、残念ながら筆者は知らない。知っているのは当時の写真を通してである。原爆の炸裂した後のすべてが灰燼に帰した光景や、焼き尽くされ焦土と化した首都圏の写真等々だ。ただ直接の記憶はないが、その感覚はしかと覚えている。

筆者が疎開していた葉山の空き地に、被災した方々の仮住まいがいくつか立てられた。それはバラックなどとも呼ばれていたが、ともかくも人々はまずはねぐら造りに勤しんだ。

ある日夕暮れ時のオレンジ色に染まった空の下、トタン板を組み立てただけのとても家とは呼べない囲いの中から、顔見知りの人が出て来て幼いながら言葉を失ったことがある。家に帰って母に話したら、母はしばらく黙っていた。そしておもむろに静かな口調で、〝今見てきたことは、決して口にしないように〟、と私を諌めた。

そんな空き地となったところには、たくさんのコスモス（秋桜）が色とりどりに咲いていた。何故かその風景が脳裏にしっかり焼き付いている。いくら強い風に吹かれても、しなやかにしたたかに……。

そうした中から私たち日本人は立ち上がっていったのだ。

敗戦の地に真っ先に秋櫻

１９４５年・昭和20年
第28話　「戦災孤児」

終戦後、親を失った子供たちは街のあちこちにたむろし、大きな社会問題となっていた。その子供たちは孤児または戦災孤児と呼ばれ、そのうちに心なくも浮浪児などとも呼ばれるようになっていった。何も好きで孤児になったわけでもなく、大人たちが勝手に起こした無謀な戦争によって、そうなってしまっただけなのに。思うだに気の毒でかわいそうでならない。何事もなければ、平和に平穏にお父さんやお母さんたちと一緒に仲良く暮らしていたはずなのだ。誰が好き好んで孤児などに……。

それにしても浮浪児呼ばわりはひどくはないか。大人たちにしても、自分のことで手いっぱいで、その子供たちの面倒をみる余裕のなかったことも分からないではないが、ともかくも当時はそんな時代であった。

そうした行くところもなく、頼るところもない、たとえ身寄りがあっても邪魔者扱いされていた子供たちは、自ずと雨風の凌げるところ、例えば東京であったら上野の地下道辺りに集まり、ある者は靴みがきを、ある者はモク拾い（たばこの吸いガラ拾い）などをしながら群れて暮らすようになった。その光景は筆者もまだ脳裏に焼き付いている。

あの頃のそうした子供たちのその後はどうなったのだろう。何としてでもたくましく生き抜いていっただろうことを信じるほかはないのだが。

思えば豊かになった今の時代も、そうした子供たちの汗と涙、いや涙の方が先か、ともあれ彼ら彼女らの刻苦の末に今があることを、我々は決して夢忘れてはならない。

現世《うつしよ》は孤児の涙と汗の果

1945年・昭和20年

第29話「MP《エムピー》&ジープ」

子供の頃、怖いものの代名詞の如くに使われていたのがMP《エムピー》という呼称であった。MPとはMilitary Police（ミリタリー・ポリス）の略で、アメリカの憲兵のこと。彼らは主に軍隊内部の秩序の維持や保安、警備、などを任務としている。ちなみに日本の憲兵は、犯罪調査や思想の取り締まりなどにも及んでいたが、MPの守備範囲はそこまでの広範囲には及んでいなかったようだ。

しかしながら、日本の治安の維持にも努めるべく進駐して来た彼らの威光は、決して小さなものではなかった。例えば筆者なども、何か悪戯をしたり、いうことを聞かない時などは、よく〝ＭＰが来るよ〟と脅かされて、わけも分からず縮みあがったものだ。敗戦国の我々には、占領軍に対する恐怖の念もしかと植え付けられていたようだ。

ただその反面、麻痺している交通整理などに当たっていた彼らに見惚れてもいた。記憶にあるのは、銀座尾張町交差点において、その中央に置いた円錐角の踏み台の上に立ち、交通整理をしている姿だ。何しろ日本でもっとも交通量の多いであろう場所なのに信号機がない、そんな状況で右往左往する車を巧みに手の動きだけでテキパキと捌いていたのだ。それが何とも絵になった。

またジープに乗り、垂れ目型のサングラスをかけた彼らの姿は、さらに眩しいほどにかっこよく映った。面長の彼らには、あの形が実に様になるのだ。ついこの間まで、〝鬼畜米英〟とか、〝出て来いニミッツ、マッカーサー〟などと言っていたあの植え付けられた感情はどこに行ってしまったのか。

そして通りかかるそのジープに向かって、日本の子供たちは駆け寄り、〝ギブ・ミー・チョコレート〟とか〝ギブ・ミー・チューインガム〟と言っては手を差し出し、ハーシーチョコレートやリグレーのチューインガムをねだっていた。

日本中がさまざまに混乱する中、アメリカ軍に対してもその対応に些かの混乱をきたしていたが、どうやら大人たちより子供たちの方が先に新しい環境に順応していったようだ。それはまた穿ってみれば、アメリカの日本に対する融和政策がうまくいった証しであったのかも知れないが。

ついでながら、今の若い人たちは、ジープと言うとヨンクとかランクルなどと言っている四輪駆動車、ランドクルーザーなどを思い浮かべられようが、ある一定以上の年代の方々は、件《くだん》のＭＰを思い出されるのでは？

ジープ駆るＭＰ《エムピー》に映ゆサングラス

1945年・昭和20年

第30話 「ＧＩ《ジーアイ》口調」

アメリカの占領軍が街にあふれてくると、当然たくさんの英語が飛び交うようになる。その中には妙な言葉も混じっていた。

例えば筆者の子供時分には、「ハバハバ」なる語がやたらと使われていた。「早く早く」とか「急げ急げ」という意味での使用で、こちらがもたもたしている時などに、よく父からそう言われて急かされたものだ。後年学業を通して英語に馴染んでいったが、その意味は不明のままであった。ある時何かの本でそのことが書かれていたが、同じように意味不明とされていた。別の機会にやはりそのことについて書かれていたものを目にした。

それによると、もともとはハワイや南方諸島に住むカナカ族の言葉であったようだが、米軍の反撃とともに南方への進出が盛んになり、「急げ」という意味のそれを憶えた米軍の兵士たちが、面白がって使うようになっていった由。そして進駐してきた日本においても、好んでこの言葉を使ったため、それを聞きとった日本人の間でも、そうした意味で使うようになったのだとか。

ただ、当初日本人は、「あれはパールハーバーのハーバーを縮めて言った言葉で、彼らは真珠湾攻撃の恨みを忘れないために、あえて使っているんだ」と解釈していたとも伝えられている。

それにしても今の人たちには通じない不思議な言葉だが、何かの拍子に面白がって流行っていきそうな気がしないでもない。

ハバハバと渡る炎帝尾張町

1945年・昭和20年
第31話「自給自足」

終戦直後の食糧不足は想像を絶するものがあった。国家としての機能の多くはマヒしたままで、いつそうした手が差し伸べられるのか皆目見当がつかなかった。よってどこの家庭でも僅かな土地を見つけてはいろいろな種を蒔き、食料の足しにしていたようだ。

我が家でも、戦時中はそれどころではなかったろうが、一段落した終戦後からご近所様と同じように、家の裏のわずかな土地に、茄子や胡瓜、かぼちゃ、玉蜀黍《とうもろこし》などを植え育てていた。私の記憶にあるのは4、5歳くらいから故、1948、9年あたりかと思うが、多くのものを失った後の日当たりだけはいい場所に、作物の方が憐れんでくれたのか、よく育ってくれた。

特に茄子や胡瓜はなかなかみごとな実を付け、楽しませてくれていた。今日スーパーなどに並んでいるほどに立派なものはなかったが、そもそも胡瓜は曲って成長するものと思っていたし、茄子もかわいい花を咲かせて、そこから実を付けることを教えてくれた。大小ばらばらで且つそれほど太らなかったが、おみおつけやお漬物にするには十分なほどであった。

トマトもよくできた。小さな実が成ると、それが日ごとに成長していくのが無常の喜びとなった。その実が緑から赤オレンジに色付き、食べごろになるのをじーっと待つ。そしてそれを捥《も》いでかぶりつく。あの日向《ひなた》の匂いがする青臭さがたまらない。食卓にそれらが出てくると、〝あ〜、夏が来たぁ〟とその季節の到来を実感する。

一年中何でも食べられる今の便利さを否定するものではないが、あの頃は作物にその有難さを教わり、季節の到来を教えてもらっていた。

ことのついでに述べると、玉蜀黍もよくできた。あれはさして手をかけなくてもたくさんできるが、一斉に取り入れて皮をむくのが一仕事であった。で、剥いた髭で姉と一緒にお人形さんを作ったりして遊んだものだ。なお、剥いたばかりのそれを焼き、醤油をつけてかじりつくのだが、それが何とも言えずに旨い。スイートコーンと呼ばれる今様のものは柔らかい口当たりで程よい甘さを感じるが、当時のそれは焼くとパリパリの口当たりで、歯に詰まるがその食感も心地いい。そして一本だけは残しておいて、来年蒔くために軒先につるしておく。

また、かぼちゃも作っていた。黄色くて結構大きく育ったが、あれは正直言ってあまりおいしいとは思えなかった。今のそれは、当時の物と比べるに、小粒だが実が締まっていて比べ物にならないほどに美味だ。だがこれも当時の記憶が強すぎる故か、未だにかぼちゃにはさして箸が進まない。

職業柄、講習会や製菓教室、あるいはテレビの料理番組などで、例えば10月末頃になると、「さあ間もなくハロウィーンですので、今日はパンプキンパイを作ってみましょう」などと明るく振る舞っているが、頭の片隅では〝これって代用食だったよなぁ〟の想いが消せないでいる。

こんなこともあった。ご近所の子について、家の近くの海辺に岩海苔を取りに行き、それを母が醤油で煮詰めて海苔の佃煮を作ってくれたが、あれは何度洗っても砂が取り切れず、ジャリジャリの口当たりには閉口したものだ。また食べ残した西瓜の皮で作るお漬物もイマイチだったか。

さらにはご近所に倣って我が家でも鶏を飼ったことがあった。おかげで毎日新鮮な卵にありつけたが、鶏小屋の掃除には参った。とにかく臭いがたいていでなく、特に雨の日などはことさらである。その都度海岸に行き、取って来た砂を撒くのだが、いつの間にか男の子である私の仕事になって、なかなか難儀をした。

そんなこんなで、終戦後のこととなると、必死で生きてきたという実感に満ちた思い出が、尽きることなく浮かんでくる。

代用食の今や主役にハロウィーン

1945年・昭和20年
第32話 「大相撲のふれ太鼓」

1945年11月、修復した両国国技館において、本場所の秋場所が10日間をもって開催された。相撲が興行として行われるようになったのは江戸時代の初めと言われており、素舞《すまひ》と呼ばれ、また「勧進相撲」と言われていたが、以来延々今日まで続いている。途中争いごとの種になるとして一時禁止されたことはあるが、太平洋戦争中も何とか途切れずに続いてきた。

そして終戦直後の1945年9月に土俵を16尺（4・84メートル）と広げ、両国国技館を修復して11月に、冒頭記した如くの秋場所として10日間をもって開催された。多くの力士が戦争によって失われたが、ともかくも継続することができた。この頃は何においても、GHQ

（連合軍最高司令官総司令部）の許可がなければ行えなかったが、それが叶ったのである。

ただ、土俵の広さについては力士会の反対もあって元の15尺（4・55メートル）に戻された。次いで1946年、両国国技館がGHQによって接収され、メモリアルホールとして改装された。そこにおいて同年の11月に13日間興行が行われたが、その後は同所の使用に許可は下りず、1947年には明治神宮外苑において行われている。

そのうちに力士たちも次々と帰国して土俵に戻り、その後場所も蔵前国技館に移るなど曲折を経て今の両国国技館に至るが、楽しみのまったくと言っていいほどなくなった多くの人々に、大いなる楽しみを与え、その後の日本の復興を支える原動力のひとつとしての役割を果たしていく。

ただ、スーパースターであった双葉山の時代は終わり、次の時代を照国や東富士が担い、千代の山、鏡里、吉葉山等が続き、栃錦、若乃花という二枚看板・栃若が覇を競う大相撲の黄金時代へと繋がっていく。

秋天に響け素舞《すまひ》の触れ太鼓

1945年・昭和20年

第33話 「職業野球再開」

今日メジャーリーグまで席捲するようになった日本のプロ野球だが、戦時中はそれどころではなくなる。1944年11月に戦況の悪化から公式戦の中止を余儀なくさせられた。そして終戦。多くのプロ野球選手たちは兵役に服し、また戦争をきっかけとしてユニフォームを脱ぐ選手たちも少なくなかった。

そうした中、終戦から程ない1945年11月23日に、ゲームが再開の運びとなった。巨人、名古屋、セネターズの東軍と、南海及び阪急の西軍による「日本職業野球連盟復興記念東西対抗戦」が東京の神宮球場で行われたのだ。その後も群馬や兵庫で行われ、計4回の東西戦が開催された。ちなみに第一回大会は13対9で東軍が勝っている。

ところでこの再開を聞きつけ、初戦は東軍には大下、千葉らが、西軍には上田、藤村、鶴岡、別所らが出場している。彼らは、食わんがために手にしていた芋畑での鍬を置き、大切にしまっておいたユニフォームを引っ張り出し、手に手にバットやグローブを携えてあちこちから駆け付けたという。

何やら名画『フィールド・オブ・ドリームス』を彷彿とさせるような場面だが、戦争で中断されていたとは言え、彼らの野球に対する熱き想いは途切れることなく続いていたのだ。

そして、無念にも戦場で散っていった数多の仲間の思いの丈をも胸に秘め、グランドに躍動した。次いで、川上や南村といった名選手がこれに加わり、さらにはこの間まで敵国であったハワイから邦人二世のウォーリー・与那嶺も駆けつけた。

こうして日本のプロ野球は完全に復活を遂げ、途切れず継続できた大相撲とともに、楽しみに飢えていた人々を熱狂の渦に巻き込んでいったのだ。

グラブ持て芋畑よりグランドへ

1945年・昭和20年

第34話　「買い出し列車」

1945年の終戦直後より、国中は深刻な食糧難に襲われた。特に都市部の状況は悲惨を極めた。そこで都会の人々は、少しでも食料を得んとして皆してリュックを背負い、郊外や地方の農村部へと出かけて行った。

そうした人々を運んだ鉄道を〝買い出し列車〟と呼んでいた。よく映画やテレビドラマに出てくる場面である。列車そのものも大変な混雑であったというが、その中を多くの人が大きなリュックを担いで乗る故、そのご苦労は想像を絶するものがあったと思われる。

それでも家族を養うためには、手ぶらで帰るわけにはいかない。たとえわずかなりとも持って帰らねばならない。かといって余分なお金があるわけでもない。そこで彼らは着物なり書画骨董なりを持ち出し、農家を訪ねてはお米や芋などと物々交換をしたと聞いている。ただ、こうした列車には時折闇物資を取り調べる警察が乗り込み、摘発に乗り出していた。だがそれでも摘発覚悟の買い出しは収まらなかった。それほどに都市部の飢餓状態はひどかったのだ。

さりながら、そのうちに世の中が落ち着き始めると、今度は逆に農村や漁村から都市部に収穫した農産物や海産物などを、大きな入れ物に詰めて売りに来るようになる。これらの人たちは担ぎ屋さんと呼ばれていたが、ずいぶん長い間活躍し、都会の人々の胃袋を満たしてくれていた。

負ふ背《せな》に晴れ着と替へし薩摩芋

1945年・昭和20年

第35話 「ラバウル小唄」

日本の繰り広げた戦線は、北は北支から東南アジア諸国の南方までの多岐にわたった。そして終戦間際のソ連の参戦から、数多の兵士がシベリアに抑留された。終戦とともにそれらの地から多くの旧軍人が帰還兵として帰国し、加えて外地にいた多くの民間人もまた帰国して来た。

当初の主な引き上げ港としては、博多と佐世保が多かった。シベリア抑留者たちの帰還はだいぶ先になるが、まずは1945年から46年にかけての南方戦線からの帰還兵たちである。

当時流行った歌に、〝♪さーらーばラバウルよー、また来るま～で～はー、しーばーしわーか～れーの涙がに～じ～むー〟という「ラバウル小唄」があった。若杉雄三郎作詞、島口駒夫作曲の戦時歌謡である。

この歌にあるラバウルを始めとする南方各地からの多くの帰還兵たちは、戦地にいる時は何を夢見ていたのだろう。それはおそらくはすっくと聳え立つ冠雪の富士ではなかったか。

筆者の青年時代の1961年、加東大介の戦争体験手記である「ジャングル劇場の始末記—南海の芝居に雪が降る」が『文芸春秋』に発表された。その後『南の島に雪が降る』のタイトルでテレビドラマや映画化された名作である。そこでも彼らの心を揺さぶったのは「雪」であった。

雪を戴く富士は、やはり我々日本人にとっての永遠の心のふるさとのようだ。

ラバウルやひねもす夢に雪の不二

第36話「闇市光景」

１９４５年・昭和20年

南方戦線を始め、各地に送られた旧日本兵たちは、次々と帰還して来たが、内地に着いた時に手渡されたのは、雀の涙にも満たないほんのわずかの手当てであったという。そこで放り出されて、〝ご苦労さん、あとは自分で考えてよしなに生きて行きなさい〟と言われても困るばかりであろう。身寄りのある人はそこを訪ねれば何とかなるかも知れないが、大方は途方に暮れよう。

先ずは食べることの心配からと思われるが、国中が食糧難にあえいでいるさなかである。

しかしながら、国民はしたたかに立ち上がっていった。例えば闇市である。多くのものが統制品となって自由な流通のできなかった頃でも、かくいう闇市に行けば、何でもというわけにはいかずとも、たいがいのものは手に入ったという。

そこでは練った小麦粉を煮込んだだけのすいとんや雑炊等さまざまな食べ物も商われていた。まだ十分現状を呑み込めていない外地からの復員兵たちも、ここに行けばとりあえず何とかなろうと、そうしたところに足を運ぶ。

お上が手を尽くさんとするを待てずに、すでに人々は自ら立ち上がって行ったのだ。当初は、そうしたことを取り締まるべき警察も、自立するパワーのひとつとして半ばこれらを黙認していたという。

すいとんを手に復員の白き息

１９４５年・昭和20年
第37話 「リンゴの歌」

１９４５年、焦土から立ち上がらんとする人々の心を癒したのが、並木路子による「リンゴの唄」であった。〃♪あーかーいーリンーゴ〜にー　くちびーるよーせ〜てー〃で始まるこの歌は、作詞はサトウハチロウ、作曲は万城目正《まんじょうめ》によるもので、戦後の日本を癒す第一号の大ヒット曲となった。

何故突然赤いリンゴが出てくるのか分からないし、そのりんごの気持ちはよく分かる、と言われても分かりようもないが、おそらくその赤いリンゴは、平和の象徴としての登場だったのであろう。とにかく明るい歌詞とメロディーで、敗戦で沈んでいた多くの日本人の心を揺さぶった。並木路子という若い女性の唄う、屈託のない歌声もよかったのか。ヒットすれば何でもよくなってしまうものだが、打ちひしがれ、鬱積した国中を包む暗いムードを一気に吹き飛ばすだけのパワーを秘めた歌、それが「リンゴの唄」であった。

終戦直後の当時を描写する映画やドラマを見るに、必ずこの歌が流される。見ている方もこれを聞いただけで、〃あ〜、終戦直後のことなんだなぁ〃とすぐに時代背景を察知する。

そう、戦後の日本は、この歌からすべてが始まったのだ。そしてこの歌を聞きながら、焦土から立ち上がり、家を建てて家族を養い、会社を興し、道路を作り、ビルを建てていったのだ。

槌音を励ますりんごの調べかな

1946年・昭和21年
第38話 「通貨切り替え」

1946年2月16日の夕方に「通貨切り替え政策」が発表された。戦後の物不足に伴う物価高騰と戦時中の金融統制がなくなったことによる現金確保のための預金引き出しの集中を防ぐという、いわゆるインフレ対策として行われた金融緊急措置である。また軍の発注物資の清算を強行したことから、貨幣の流通量が急激に増大したことも背景にあった由。そしてこれまでの紙幣の流通を差し止め、新円の発行を行った。

発表の翌日から預金封鎖を行い、これまでの紙幣を銀行に預金させる一方で、同年3月3日をもって5円以上の旧円の流通を停止させ、一世帯あたりの月の引き出し金額を500円に制限させる措置をとった。これにより、「五百円生活」という言葉が流行語となった。

当然市中は動揺し、市民は旧円を使えるうちに使おうとし、政府の思惑とは逆に消費は一気に増大するという混乱をきたした。こうした多くの騒動を経て、ともかくも今日の金融体制が整えられていった。

なお、こんな折に復員してきた人たちの手に渡されたのは、とても話にならないほどの額であったとか。一銭五厘で駆り出され、揚げ句が雀の涙とは……。それはないだろうと誰もが言いたくなる、そんな社会情勢だったのだ、その頃は。

闇市にまつさらの円春動く

1946年・昭和21年

第39話「たくましき女性たち」

戦後の混乱期、誰もが生き抜くだけで精一杯であった。残った男性や外地から帰還した兵士たちも、自分の身を守るだけで必死となっていた折、特に働き手を失った女性たちを待ち受ける運命は悲惨を極めた。それでも人は生きていかねばならない。その日その日の生きる糧を得なければならないのだ。手っ取り早い方法は、いやそれしかなかったのかも知れないが、あえて道ならぬ道に足を踏み入れることであったという。

戦争未亡人等やむなくそうしたことに身をやつさざるを得なくなった人たちは心ならずも進駐してきた兵士たちと接触を計り、生計を立てていった。彼女たちは、その立場にない人たちからは、パンパンもしくはパンパンガールなどと呼ばれ蔑まされた。だが彼女等は、好き好んできつめの化粧を施したわけではない。

扶養してくれるはずであった夫や親兄弟を戦場に送られ、挙句は無念のうちに帰らぬ人とされてしまったりした人たちである。かといって手に職があるわけでもない彼女等には、他に生きる術を見つけることは容易なことではなかったはずだ。

しかしながら彼女たちは、頼りなくうなだれるだけの男の多い中にあって、想像を超える逞しさでその乱世を生き延び、且つしたたかに生き抜いて行った。今思うにその強さには驚きを禁じ得ない。

生き抜きし姫撫子《ひめなでしこ》の茨道

１９４６年・昭和21年
第40話　「女性参政権」

戦後の日本の統治については、連合国総司令官のダグラス・マッカーサーにすべてが委ねられた。彼は日本の現状を鑑みて五大改革の指令を出した。

それらの中に、「労働組合の結成」や「自由なる教育を行うための諸学校の開設」等とともに、「選挙権付与による日本婦人の解放」があった。女性の参政権である。

それまで我が国では女性に参政権が認められていなかったのだ。ちなみに世界的に見てみると、１８６９年にアメリカ合衆国のワイオミング州で、世界初の恒常的な女性の参政権が実現している。またフランスにおいては、１８７１年のパリ・コミューン（普仏戦争の講和に反対して立ち上がったパリ市民による自治政権）で、短期間ながらそれが実現された。

19世紀の後半にはかように一部では認められていたが、他国については概ね20世紀になってからで、スイスなどでは、けっこう遅く、連邦レベルでは１９７１年に、全土では１９９１年に認められている。

一方我が国だが、ご存じの如くに長らく男性社会であって、こと女性の進出に関してほとんど見られなかったと言っていい。

そうしたことを改革せんとするマッカーサーの指示により、遅まきながらも１９４５年10月10日に幣原内閣において閣議決定がなされた。そして翌１９４６年４月10日、戦後初の衆議院選挙において、79名の女性候補のうち39名の日本初の女性議員が誕生した。それまで男性のみであった議場は一挙に華やいだという。

なお、しばらく経って〝戦後強くなったのは女性と靴下〟などとよく言われたが、靴下はさておき女性に関しては、この女性参政権もその要因のひとつとして挙げられよう。ともあれこのことの実現は、新しい国造りを進める日本にとっての大きな一歩であった。

その後の女性の議員数の伸び悩みが気にかかるところだが、今後の更なる飛躍に期待したい。

撫子に託す戦の無き世かな

1946年・昭和21年
第41話 「引き揚げ船『岸壁の母』」

終戦後、外地からの引き揚げ船は、浦賀、舞鶴、呉、下関、博多、佐世保、鹿児島、函館、大竹、宇品、田辺、唐津、別府、名古屋、横浜、仙崎、門司、戸畑の18港に着岸した。当時国外にいた邦人は約660万人で、うち軍人が約350万人、一般人が約310万人であった。そして開始から4年で約620万人が帰還した。

この短期間にこれほどの人々の大移動が行われたのは世界的に見ても甚だ稀有なことであろう。また1950年以降は舞鶴が唯一の引き上げ港となった。他港は南方戦線等からの引き上げ者が多くを占めたが、舞鶴は主に北方戦線の人たちの帰還港となったのだ。そしてここには全帰還者のおよそ1割の66万人が帰還している。

記録を見てみると、1946年12月5日に「雲仙丸」が1927人を乗せて函館港に入港。シベリアからの引き揚げ船第一号も12月8日に舞鶴港に入港した。その後ソ連からは約20万人が83隻の船で帰還している。だがまだ多くのシベリア抑留者を残したまま、1年ほどでソ連からの引き揚げは中断してしまった。そして引き上げが再開された時は、舞鶴だけが引き上げ港となり、1958年の白山丸を最後に引き上げ事業は終了した。

ちなみに息子の帰りをひたすら待つ「岸壁の母」は、ここ舞鶴港を舞台にしたもので、モデルは端野いせという人だと言われている。昭和29（1954）年にテイチクから発売された菊池章子のレコード〃♪母は来ました　今日も来た〃の「岸壁の母」は、100万枚以上の大ヒットとなった。そしてそれは二葉百合子によって歌い継がれていく。

求め合ふ同胞《はらから》舞鶴港に春

1946年・昭和21年
第42話「DDT《ディーディーティー》噴霧」

終戦当時、天然痘や発疹チフスといった伝染病が流行し、これは蚤《のみ》や虱《しらみ》などが媒介するものとして、GHQはDDTなる有機塩素系の殺虫剤の強制散布を実施し、頭から全身にかけて噴霧した。

改めて調べてみるに、DDTとは1873年にオーストリアのオトマール・ツァイドラーという化学者によって合成されたもので、正しくはdichlorodiphenyltrichloroethane（ジクロロジフェニルトリクロロエタン）という、何とも長い名の略で、その間の文字をとってＤＤＴと呼ばれたものとの由。その後長らくそのままになっていたが、１９３９年にスイスのパウル・ヘルマン・ミュラーという科学者によって殺虫効果が発見された。

そして太平洋戦争で、日本からの除虫菊の輸入が途絶えたアメリカで実用化された。次いで量産が効き安価にできることから一気に広まっていった。なお、１９４４年のパラオのペリリューの戦いで、多くの戦死体や排泄物に沸くハエなどの対策に使用された。しかしあまりの激戦により対象物が多すぎて、効果が見極められなかったという。

次いで太平洋戦争後の日本に、米軍によって持ち込まれ使用されたが、当時の子供たちや引揚者たちに蔓延していた蚤や虱には大変効果的であったという。不衛生極まりなかったそうした人たちを集めては頭からこれを噴霧し消毒する風景は、当時のニュース映画や記録フィルムには必ず出てくる光景としてお馴染みとなっている。ただ、その後は発がんの危険があるとして、各国でその使用が禁じられ、姿を消していった。

ひとからげ汗疹《あせも》もろとも白き粉

1946年・昭和21年

第43話　「『ＮＨＫのど自慢』始まる」

今に続く長寿番組『ＮＨＫのど自慢』は、元をたどると１９４６年に始まった。当時のＮＨＫ音楽部のプロデューサーであった三枝嘉雄の企画という。彼は戦時中の軍隊時代に見た仲間うちの余興で、それぞれが歌うお国自慢の歌が面白く心に残っていて、そんな番組をつくれないかと提案をした。しかしながら一般の素人が公共の電波を使って歌うなどもってのほかと却下された。ところがそれは面白いとＧＨＱから許可が下り、実現に至ったとか。

こうして１９４６年1月19日に『のど自慢素人音楽会』と銘打ったラジオ番組が、18時から1時間にわたって公開放送された。最初の出場者を公募したところ応募は９００名を超えたという。そのため1日に３００名のテストを行い出場者を絞っていった。そして翌１９４７年からは『のど自慢素人演芸会』と名を改めた。

テレビ放送については１９５３年3月15日の14時からで、ラジオ放送と同時に行われた。なお『～演芸会』の名の如くに、歌以外に漫談等での出場もあったという。

その後人気がやや低迷したが、１９７０年4月よりタイトルを『ＮＨＫのど自慢』と変更し、伴奏もそれまでのピアノとアコーディオンからピアノとシンセサイザーに変えるなどの工夫を凝らし、人気の回復を図った。時に趣向を変えつつ、今後も続いていくものと思われる。

雪国の祖母に手を振る「のど自慢」

1946年・昭和21年
第44話　「ご巡幸」

終戦の翌年の、まだ混乱期にある1946年2月より、昭和天皇がご巡幸を始められ、それは復興期に至る1954年8月まで続けられた。先ず初めは2月19日の寒い中、襟巻も手袋もせずコート一枚で、戦禍に見舞われた川崎に赴かれ、被災された人々に軽く帽子を取って会釈され、親しく接せられた。

現人神《あらひとがみ》が人間天皇となられた瞬間である。見舞われた人たちは感激に言葉もなく、拝む姿も多く見られたという。初めのうちは日帰りもしくは短期間のご巡幸であったが、次第に足を伸ばされ、10日から数週間にもなる長い旅にもなっていった。またそのご巡幸の多くはおひとりで行われたが、１９４７年の栃木県と１９５４年の北海道の2回は香淳皇后がご同伴されている。なお、静岡へは同一のご巡幸ではあるが、沼津へは皇后さまがおひとりで行啓されている。

いずこにおかれても、行かれる先々では熱烈な歓迎がなされ、国民は等しく改めて天皇陛下のお人柄に触れ、感激に浸り、復興にあたって大きな力を賜った。

ちなみに見舞われた方々との会話で、陛下が発せられる「あっそう」の相槌は、ひと時流行語となって広まっていった。

それほどに皆から敬愛された陛下であられた。

民見舞ふ巡幸果てぬ凍てし道

1946・昭和21年

第45話 「傷痍軍人」

戦後しばらくは、戦争によって手足を失った復員兵士たちが、人通りの多い道端において、施しを求めていた。傷痍軍人と呼ばれた彼らは、概ね白衣に身を包み軍帽を被った姿で、ある人は義手を地面に突き、ある人はアコーディオンを奏で、あるいは、そのいでたちのふたり一組で、通りかかる人々に窮状を訴えかけていた。

筆者もそうした光景を目にすると、「ご苦労様でした」とか「大変でしたね」の声を掛けながら、置かれた箱に幾ばくかを入れさせていただいた。年齢的にみてもそうなのかもしれないが、そうした光景を目にしてはとても素通りはできない。そうなりたくてなったわけでもなく、国の命令で戦地に赴き、結果こうなってしまったのだ。気の毒を通り越して、やり切れなくなる。

しかしながら時とともに見て見ぬふりをする人が増えていったように思う。それどころか明らかに奇異なまなざしを向ける人や、まったくの無関心を装う人まで現れてきた。いかなるものもそうかもしれないが、戦争もまたこうしていつしか風化していくものなのか。その後しばらくは、そうした人たちを各所で目にしたが、そのうち次第に見かけなくなっていった。

それにしても、そうしたご苦労を背負わされた人たちが、現実に少なからずおられたということを私たちは永久に心に刻みつけておかねばなるまい。

歳末や義手の抱へし手風琴《てふうきん》

1947年・昭和22年
第46話「フジヤマのトビウオ」

1947年、日本人を奮い立たせるニュースが報じられた。同年の水泳日本選手権の400メートル自由形において、古橋廣之進が4分38秒4で優勝を果たしたのだ。公式記録としては認められなかったものの、当時の世界記録を上回る世界新記録である。ところで、敗戦国である我が国は1948年のロンドンオリンピックには参加ができなかった。

そこで日本水泳連盟はオリンピックの水泳決勝と同じ日に日本選手権を実施し、古橋は400メートル自由形で4分33秒4をたたき出し、さらに1500メートル自由形を18分37秒0で泳ぎ切った。その1500メートルでは、日大時代の同級生にして最大のライバルの橋爪四郎もこれに遅れること0秒8を記録。ともに同時に行われたロンドンオリンピックに対しては40秒も上回り、当時の世界記録を20秒以上も上回ったのだ。

また同年9月の学生選手権では、400メートル自由形でまたまた自己記録を上回る4分33秒0を、800メートル自由形では9分41秒0を出し、これもまた世界新記録となった。

ただ、日本はまだ国際水泳連盟から除名処分を受けている時期であり、いずれも世界新記録とは認めてもらえなかった。加えてあまりの活躍に、日本のプールは距離が短く作られているのではとの意見が出され、改めて計測されたほどであった。

しかしながら敗戦という屈辱に打ちひしがれていた国民を、これほどまでに勇気付けたニュースはなかった。1949（昭和24）年6月に我が国の国際水泳連盟への復帰が認められ、古橋は橋爪とともにロサンゼルスの全米選手権に招待された。そこでも古橋は400メートル自由形を4分33秒3、800メートル自由形を9分33秒5、1500メートル自由形で18分19秒0の世界新記録で優勝し、「フジヤマのトビウオ（The Flying Fish of Fujiyama）」の異名が付けられた。そして同じく活躍した橋爪四郎とともども、日本の輝く希望の星となった。

しかしながら1950年の南米遠征中にアメーバ赤痢に罹り、またピークを過ぎていたこともあり、参加の叶った1952年のヘルシンキオリンピックでは400メートル自由形で8位に終わった。

この時のNHKの飯田次男アナウンサーは「日本の皆様、どうぞ古橋を責めないで下さい。偉大な古橋の存在あってこそ、今日のオリンピックの競技があったのであります。古橋の偉大な足跡を、どうぞ皆様、もう一度振り返ってやってください。そして日本のスポーツ界と言わず、日本の皆様は暖かい気持ちをもって、古橋を迎えてやってください」と涙声で実況中継を行った。かように日本を奮い立たせてくれた古橋廣之進と、彼を支えるように頑張ってくれた橋爪四郎の活躍を、私たちは永遠に忘れないであろう。

追記。余談だが筆者は大学1年の時、この橋爪氏とはこんなことがあった。免許取り立ての身で恐々運転していた時に、車が故障して途方に暮れていた。それを見かねたか通り掛った背の高い方が声をかけてくれた。訳を話すとボンネットを開け、いろいろ手を尽くして、何とか動くようにしてくれた。精一杯の謝意を表しつお名前を伺うに、「いやいや、名乗るほどのものでも。なに、困っている時はお互い様ですよ」と言ってそのまま立ち去ろうとされる。が、追いかけて再度伺うに、ちょっとはにかんだように「橋爪と言います」と。「えっもしかして水泳の?」「ええ、まぁ」「あ、あ、ありがとうございました」と言ったまま、感激のあまり後が続かなかった。

〃地獄で仏〃というが、私には同氏は仏ならぬ神様のように思えた。やはり名を成す方は違う。果たされた功績もさりながら、人間的にも超一流であられるようだ。

飛び魚のプールの長さ計らしむ

1947年・昭和22年
第47話「リンタク登場」

終戦2年目の1947年当時は、まだ交通機関が十分に整っておらず、移動に関しては甚だ心もとないものがあった。そこで登場したのがリンタクである。三輪自転車で、後ろに付けた箱の中にお客さんを乗せ、前で人が漕ぐという、いわば〝車屋さん〟でお馴染みの人力車ならぬ自転車タクシーである。

遡ると1924（大正13）年に大阪市内を1円で走る「円タク」と称するタクシーが登場している。その2年後に東京市内にも登場した。その呼び名をもじってか、これは自転車のタクシー故に「リンタク」と呼ばれるようになったものと思われるが、言い得て妙か。

さて、このリンタク、現在でも東南アジアのタイではトゥクトゥクと呼ばれて同様のものが走っており、またベトナムではシクロの名で昔から今に至るも利用されている。筆者もそうした地に滞在していた折には、さんざんお世話になったものである。

それとほとんど同じものが、日本においても終戦直後に現れたのだ。調べるに闇市を取り仕切っていた関東尾津組が営業していたという。GHQの航空機製造禁止令で放出されたジュラルミンで車体を作り、それを改造して自転車に付けたもので、ちなみに二人乗りで2

キロ10円であった。しばし後に大阪や名古屋にも同じものが登場している。

寒風を突くリンタクの鯔背《いなせ》めく

1947年・昭和22年

第48話 「底抜けに陽気な浪花の女王」

1947(昭和22)年、笠置シズ子が「東京ブギウギ」を発表。翌1948(昭和23)年に大ヒットとなり、ブギのリズムがブームとなる。昭和23年といったら、終戦からまだ3年しか経っていない。にも拘わらずの、いかにもアメリカを体現するような陽気なリズムに、日本中が沸いた。まるで戦争などとうの昔のことのように。ラジオを掛ければ雑音混りにいつもこの歌が流れ、街中でも必ずどこからかこの曲が聞こえてきた。

そして続けて「大阪ブギウギ」「ヘイヘイブギ」「ジャングルブギ」「買い物ブギウギ」「セコハン娘」等たて続けにヒットを飛ばし、「ブギの女王」として歌の世界をリードし、美空ひばりの登場までその世界のトップに君臨した。ちなみに彼女の一代記は、NHKの朝の連続テレビ小説で『ブギウギ』のタイトルをもって、２０１３年10月から２０２４年３月まで放映されている。

笠置シズ子の出自は香川県というが、生後間もなく父親がなくなり、母親は彼女を連れて実家に帰ったが、乳の出が悪く、たまたま出産のために帰省していた大阪の炭屋の妻に貰い乳をしたとか。それが縁となってその人に貰われて大阪に連れて帰られた。

後年ブギの女王として名をなすが、コテコテの大阪弁を使うバリバリの浪花っ子として売り出していくのにはそんな事情があったようだ。

筆者も小さい頃、ふと気が付くと、〝♪わてホンマによー言わんわー〟などいくつかのブギものを口ずさんでいたことを記憶している。ちなみに美空ひばりは彼女の「セコハン娘」の歌まねでデビューを果たしている。

ともあれこうした陽気なリズムをもって、日本はこれまでとは異なる明るい方向に向かおうと大きく舵を切っていったように思うが。

雑音の混じるブギウギ寒の明け

1947年・昭和22年

第49話 「少年王者」

1947年、山川惣治作の『少年王者』が集英社から発刊された。長らく楽しみから遠ざかっていた子供たちは一斉にこれに飛びついた。準備した3万部はたちまちのうちに完売し、その後も刷っても刷っても間に合わぬほどの大ヒットとなった。焼け跡の中で子供たちは、ボロボロになるまで皆して回し読みをしていた。

当時の世にあって、アフリカ大陸などは遥か遠くの未知なる世界で、今日言うところの宇宙の果のようなところ。当の山川惣治もまだ一度も行ったことがなかったというが、それ故にこそ奇想天外なストーリーが書けたとも言えよう。

またそれを読んだ少年少女たちはどれほど大きな夢を膨らませたことであろうか。その後このヒットに続いて『少年ケニア』や『少年タイガー』などを手掛けて、さらなる夢を掻き立てていった。

恥ずかしながら筆者も夢中になったひとりで、物語に出てくる〝一抱えでは収まらぬほどの大きな人食い花〟がアフリカにはあると聞いて、小さな胸をときめかせていた。

いや、今でも心のどこかにそんな気持ちがないでもない。

暗黒の灼熱の地に子等の夢

1947・昭和22年

第50話「日本国憲法発布」

昭和22年5月3日、日本国憲法が発布された。そしてその3日から1週間、全国各地でさまざまな記念の行事が行われた。「国民主権」「平和主義」「基本的人権の尊重」の3原則、及び「法の下の平等」を謳って女性参政権を明確に保障する新憲法に、国民は等しく日本の新しい姿を心に描いた。

またそうしたことを分かりやすく説いた紙芝居までが作られた。

そして東京では「皇紀二千六百年」の祝典以来6年振りの花電車が登場するなどのお祭りムードに満ち溢れた。菊で飾った国会議事堂に女神を乗せた「国の光号」を先頭に、ジャズバンドを乗せた「音楽号」、そして「平和号」「末広号」「黎明号」の5台が都内を回り、沿道を埋め尽くした多くの人々が、お祭りムードに酔いしれた。

その後、世界は大きく変わっていき、我が国を取り巻く環境もそれにつれて大きく変化していく。そしてその時定めた憲法をどうするか、国論を大きく揺り動かすことになる。

目指すべし世界憲法発布の日

1948年・昭和23年

第51話 「ダイナ・ブラザース」

戦後まもなく、ギター漫談として一世を風靡したのが「川田晴久とダイナ・ブラザース」であった。川田晴久とは、昭和初期を代表する歌手にしてコメディアン、ボードビリアンで、戦前にデビューし一時病気のために休演したが、1948年再出発した。また美空ひばりの育ての親としても知られている。

改めて調べるに、1930年に浅草の音羽座で、レビュー歌手・川田義男としてハーモニカをもってデビューしている。そして坊屋三郎等とともに「あきれたぼういず」を結成したりしてコメディアンとして名をあげ、また古川ロッパの映画でスクリーンデビューを果たすなど、一躍人気者となる。また1939年に発売された「地球の上に朝が来る」は、その後の川田晴久のテーマソングとなり、生涯を通して歌い続けられていく。

だが1942年、以前患った脊椎カリエスを再発して長期入院加療を余儀なくされた。そして戦後の1948年に、冒頭述べた如くの「川田晴久とダイナ・ブラザース」を結成して再デビューを果たし、改めて世に明るさと笑いを振りまいていった。

楽しみのまだ少なかった当時は、誰しもがラジオを通して流れてくる、〃♪地球の上に朝が来りゃ～、その裏側は夜だろう〃とか、〃♪ダイナダイナなんだいなぁ、ダイナのダの字はダジャレのダ～〃などと口ずさんでいた。

とかく沈みがちな世にあって、再び明るさを取り戻す役割の一端を担ったという点では、彼の果たした功績は特筆に価するものがあった。

ラジオよりダイナの撒きし初笑ひ

1948年・昭和23年

第52話 「天才少女歌手・美空ひばり」

未だ戦後の匂いの残る1948年、美空ひばりがデビューした。この天才少女の出現に、新しいスターを待ち望んでいた多くの人々は喝采を送った。後に国民的な歌姫となる彼女は、1937年に生を受けて9歳で初舞台を踏み、その歌唱力で早々に天才少女と謳われた。ただデビュー当初は、「うまいことはうまいが子供らしくない」とか「非教育的だ」などと評されたが、逆に言えば、それほどに当初から傑出していたということであろう。

1948年に神戸松竹劇場での興行に当たって、山口組三代目田岡組長に挨拶に行ったところいたく気に入られ、また同年、ボードビリアンとして人気絶頂であった川田晴久に見込まれてかわいがられ、引き立てられていった。次いで笠置シズ子の歌まねで名が売れていく。

なお、美空ひばりの名については、諸説あるようだが、1948年の横浜国際劇場の公演に際しての、3月8日の神奈川新聞広告に「美空ヒバリ」と、同6月1日に「美空ひばり」と出ているため、おそらく同年3月以前には今の名で活動を行っていたものと思われる。

さてその後だが、1949年12才で映画の主演を務めた『悲しき口笛』が大ヒットとなり、同名のその主題歌も45万枚を売り上げた。続いて翌1950年の「東京キット」も大ヒットし、子供ながら押しも押されもせぬ国民的スターとなっていった。ステッキを携え、シルクハットに燕尾服で歌う粋なおしゃれに、人々は新しい時代の到来を予感した。

口笛の赤き灯に消ゆ小夜時雨《さよしぐれ》

1949年・昭和24年

第53話　「銀座の街角・カンカン娘」

1949年、新東宝が製作し、東宝が配給した『銀座カンカン娘』がヒットしたが、その主題歌も流行し、歌詞にあるごとくに銀座には明るい娘たちが闊歩。そして誰もが〝♪あの娘可愛やカンカン娘、赤いブラウスサンダル履いて、誰を待つやら銀座の街角、時計ながめてそわそわにやにや……〟を口ずさんでいた。

ところでカンカン娘とは？調べるに、風紀上好ましからざるパンパンガールに対して〝カンカンに怒っている〟という意味でつけた山本嘉次郎《かじろう》による造語なんだとか。高峰秀子歌うところのこれは佐伯孝夫作詞、服部良一作曲によるもので、映画には当時人気絶頂であった笠置シズ子や灰田勝彦が出演している。

それにしても底抜けに明るく、あっけらかんとした歌詞とメロディーで、これを聞くに、戦争による暗い影を一気に遠くに押しやらんとする風潮が見えてくる。またシチュエーションも銀座としているところから、日本の流行の中心は、戦争が終わった後もやはり銀座にあることをこの歌は示している。

その銀座に新しい時代到来の象徴として、赤いブラウスやおしゃれなサンダルを履いた、いわゆる現代っ子が登場。そしてそれまではどこか遠慮がちであった男女の〝逢い引き〟を、あけっぴろげな今日言うところのデートとして楽しむまでに世を変えていくのが、かくいうカンカン娘であった。

舞台は一気に回り始めたようだ。

誰を待つ赤きブラウス夏来る

１９４９年・昭和24年
第54話「ノーベル物理学賞」

１９４９年、湯川秀樹博士がノーベル物理学賞を受賞するという、ビッグニュースが飛び込んできた。表面的には明るさを取り戻しつつあるように見える我が国であったが、その実内面的にはまだ立ち直れてはおらず、自信喪失状態から抜け出せてはいなかった。

その失われていた自信を国民に取り戻させる一大ニュースが、湯川秀樹博士の受賞であった。同氏は１９０７年、東京市麻布区（現・港区六本木）に生を受け、父親の京大教授就任に伴って京都に移住したという。やはりそもそもが学者のお血筋のようだ。

その後京大に進み研究に没頭。原子核の内部において陽子や中性子を互いに結合させる相互作用の媒介となる中間子の存在を、１９３５年に理論的に予言した由。筆者如きには難解過ぎてよく分からないが、後の１９４７年に、イギリスの物理学者のセシル・パウエル博士が宇宙線の中からパイ中間子を発見して、湯川秀樹博士の理論の正しさを証明した。

そのことによって、１９４９年に日本人として初のノーベル賞を受賞した。

その後、日本国籍を有する方や、その時点で日本国籍を有していなかった方も含めて、ノーベル賞受賞者を敬称略で記すと以下の通りである。物理学賞としては朝永振一郎、江崎玲於奈、小柴昌俊、小林誠、益川敏英、赤﨑勇、天野浩、梶田隆章の各先生が続き、また化学賞では福井謙一、白川英樹、野依良治、田中耕一、下村脩、根岸英一、鈴木章、吉野彰の各先生。生理学・医学賞では利根川進、山中伸弥、大村智、大隅良典、本庶佑《ほんじょたすく》の各先生。文学賞に川端康成、大江健三郎の両先生、平和賞に佐藤栄作元総理が選ばれている。

こうした偉大な歴代の先生方の先鞭をつけたのが湯川秀樹博士であった。

見失ひし春取り戻す物理学

1949年・昭和24年

第55話 「青春かくあれ『青い山脈』」

この年、〟♪わーかーく明るい歌声にー　なーだれも消える　花も咲くー〟という、飛び切り明るく健康的な歌が大ヒットした。

西條八十作詞、服部良一作曲のこの歌を、藤山一郎と奈良光枝が歌い、その題名の映画の公開前から多くの人々に口ずさまれた。

これまで長く続いた暗く重たい空気を一気に吹き飛ばす、この強烈なインパクトに、人々の心は踊り弾み、映画館の前には、入場券を求める長い列が続いた。そして多くの人が、新しい時代の到来を確信した。

それまで抑圧されてきた青春が一気に訪れたのだ。そして中年に差し掛かろうという年代の人たちまでもが、これまでの遅れを取り戻すかのように、この映画に見入り、この歌をこぞって口ずさんだ。

銀幕に歌に弾けし夢の春

１９５０年・昭和25年
第56話　「上海帰りのリル」

前項で記した如くに「青い山脈」が飛び出していきなり世の中に明るさをもたらしたり、シルクハットに燕尾服の美空ひばりによる「悲しき口笛」が大ヒットとなる一方で、１９５０年にはまた時を遡ったような津村謙による「上海帰りのリル」が大ヒットした。

当時はまだ闇市の全盛期で、例えば東京なら新宿や上野といった辺りは、地元の人たちはもとより地方からも、また多くの帰還兵たちもみなこうしたところに集まって来た。そう、ここに来れば生活必需品から舶来物まで、たいていのものは手に入るのだ。

そんなところにこの歌はいつも流されていた。〝♪船を見つめてい～た、ハマのキャバレーにい～た……、上海帰り～のリル、リル……、誰かリ～ルを知らぁないか〟。東条寿三郎作詞、渡久地政信作曲によるこの歌は、そんな闇市にとどまらず、人の行く先々で必ずといっていいほど聞こえてきた。

上海帰りというシチュエーションもよかったのだろう。日本がまだ外地で羽振りを効かせていた頃を懐かしむようで、内地にいた人たちにも外地から帰還した人たちにも、一様に良き時代の郷愁を思い起こさせたようだ。とうの昔に終わったように思っていた戦争の傷跡は、まだ完全には癒えてはいなかったのか。

思うにこのあたりは、戦中戦後と新しい時代とがせめぎ合っていたようだ。

闇市の晩夏やリルの歌しきり

1950年頃・昭和25年頃
第57話　「ポン煎餅」

歌謡曲の世界は一足先に進んでいたが、実社会がそこに追い付くには今少しの時を必要としていた。当時まだ子供であった筆者などは、仮におやつが食べたくなっても、今の子供たちのようにすぐに何でも手に入るような環境にはなかった。もちろん近隣の方々もそのようであったと記憶している。

その頃皆してよくお世話になったものに「ポン煎餅」、略してポンセンというものがあった。ポン煎餅とは、お米や玄米などに強い圧力をかけて膨らませて作る煎餅である。軽くさっくりとした独特の味わいは、一度食べると癖になるおいしさを持っている。そしてこれを膨らませる時に、ポンという小気味良い音がするためにこのような名前が付けられたようだ。言ってみれば、熱したフライパンでコーンを炒めると、ポンポンと弾けてポップコーンができるが、そんなようなものか。ただ、ポン煎餅自体に味は全くないので、筆者は塩を振りかけたか、醤油を垂らすか付けるかして食べていたように思う。

なお、筆者の住んでいたところには、これ自体を売っているところはなく、歩ける距離の路地を入ったところに、原料となるお米や玄米を持って行くと作ってくれる家があった。

よっていくばくかの原料を持参して作ってもらい、新聞紙に包まれたまだ暖かいそれを持ち帰り、兄弟で分け合っていた。お代を持っていった記憶はないので、多分持って行ったお米なりの一部を先方が取り、その残りでポン煎餅を作っていたのだろう。早い話が物々交換だったのか。

ポン煎餅自体の歴史は定かではないが、もののなかった時代の代表的なおやつのひとつが、かくいうポン煎餅であった。ところで、そのポン煎餅だが、今も駄菓子の類としてしたたかに生き残っていて、時折り見かけると年甲斐もなく、つい嬉しくなって求めてしまう。子供のころの刷り込みは、多少のことで消えるものではないようだ。

ポン煎の温み分け合ふ戦後道

1950年・昭和25年

第58話 「朝鮮特需」

1950(昭和25)年6月25日、朝鮮半島に勃発した朝鮮戦争は、世界を揺るがせた。やっと収まった世の中がまた戦争に逆戻りするのではと、世界中を震撼とさせたのだ。この度は第二次大戦後の世界の覇権を争う、自由主義と共産主義との戦いである。

　そのせめぎ合いの場のひとつが朝鮮半島で、同日共産主義勢力の北朝鮮軍が突然南下を始めた。これに対して自由主義を守らんとするアメリカを中心とした国連軍がそれを押し戻すべく、南から攻める。そして北緯38度線を境にした攻防は激しさを増していく。

　隣国に位置する日本は、米軍主体の国連軍の基地として重要な役割を演ずるところとなる。戦争遂行のための鉄鋼等の軍需物資調達や、多くの米兵の生活用品等を賄うためのいわゆる特需で、大いに沸き立った。その総額は当時の金額で35億６０００万ドルにも上ったという。

　特に鉄鋼業はその恩恵を直接的に蒙り、それがもたらす景気を、かつての「イトヘン景気」に倣ってか「カネヘン景気」と呼ぶまでになった。

　そしてそれは、いいことか、さにあらずかはさておき、戦争で打ちひしがれていた日本経済の立て直しには絶好の機会となった。

すは戦汗と湯玉の走る先

1950年・昭和25年

第59話 「チンジャラに新機種」

1950年、新しいパチンコ台が登場した。それまでは穴によって出玉数が異なっていたが、新しい形式の台はどこに入っても15個出るとして人気が沸騰した。その頃、終戦直後のドタバタはだいぶ収まってはきたが、娯楽らしい娯楽はまだほとんどなかったと言っていい。そんな中でも手軽に楽しめるものとして、こうしたパチンコが大流行りした。

この遊戯も元をたどると、アメリカからコリントゲームが渡来した大正9年に遡るというが、今日の原型が登場したのは終戦直後の昭和21年とか。それが楽しみのなかった人々に受けて広まり、それに伴ってパチンコ台もエキサイティングに改良されていった。

先ず1949（昭和24）年、正村竹一という人によってさらに今様のものが開発された。それは竹村ゲージと呼ばれて全国に広まっていったが、その機種は穴によって出玉の数が異なっていた。それはそれでゲーム性に富んでいて面白かったのだろうが、文頭に述べた如く1950年には「オール10」に続いて「オール15」という、いわゆるオールものと呼ばれる新機種の竹村ゲージが開発され、市場は一気に盛り上がった。

この新台はどこに入っても15個の玉が出るとして大人気を博したのだ。続いて今度は

「オール20」、さらには「オール20連発式」（昭和27年）と、ますますヒートアップしていく。

そしてそうした多くのパチンコ店では、ＧＨＱの縛りから解放された翌年の１９５２年以降からだが、威勢のいい〝♪守るも攻めるも黒鉄の～〟という軍歌が流されるようになっていった。

ちなみに景品はチョコレートやビスケットといったお菓子類やたばこなどが多かった。筆者もよく父に連れて行ってもらい、袋一杯のお菓子を抱えて凱旋したものだ。

しかしながら今にして思うに、そんなところに子供を連れて行ってよかったのか。まぁよろず鷹揚な時代だったようだ。

軍歌鳴る「オール15」に玉の汗

第3部

占領の終結

〈主権国家として独立を回復〉

1951年・昭和26年

第60話 「講和成立」

1951年9月8日、サンフランシスコ講和条約が調印された。それをもって占領政策が終了し、日本の独立が回復する。ただそのことに当たって、朝鮮半島を巡って熾烈となる東西冷戦のさ中に、ソ連（現・ロシア）や中国といった国を含む全面講和か、はたまたそれらを除いた西側諸国との単独講和かに国論は二分されていた。

結果、単独講和に踏み切り、日本はその時をもって完全に西側入りとなったのである。なお、いきさつや単独云々はさておき、街は「祝・講和」で沸き立ち、辻々には日の丸が掲げられ、2日後の歌舞伎座では、初代中村吉右衛門が音頭をとって万歳三唱が行われた。ちなみに二代目吉右衛門は、筆者の小中高を通じての同級生である。その親友の叔父君たる初代氏、天下の名優にしてなかなか骨っぽいところがあったようだ。

またこれまでの日本製の商品には「メイド・イン・オキュパイド・ジャパン（MADE IN OCCUPIED JAPAN）」（占領下の日本製）と書かれていた文字が、それ以降今に見られる「メイド・イン・ジャパン（MADE IN JAPAN）」と表記されることとなった。この文字を見て、改めて日本の独立を確認した人も多かったに違いない。

なお、講和条約の折にセットにされた日米安全保障条約はその後も賛否両論、議論として引き継がれ、後の大きな騒動へと繋がっていく。

オキュパイドジャパン卒業天高し

1951年・昭和26年
第61話「〝アジャパー〟が世を席捲」

1951年公開の『吃七《どもしち》捕物帖』で喜劇俳優のバンジュンこと伴淳三郎が言った、「アジャジャにしてパーでございます」のセリフが受け、それを縮めた「アジャパー」なる語が、間投詞的な語として流行し広まっていった。

今時でいえば流行語大賞とでもいったところか。使い方としては、驚いた時や困った時に、思わず口を突いて出る言葉として、主に若い人たちの間で使われ出したもので、当時の若者言葉であった。

意味としては「あれまあ」とか「おやまあ」とか「ありゃー」とでもいったところで、言わば造語のひとつである。そういえば、近年のNHKの朝の連続テレビ小説の『あまちゃん』で、「ジェジェジェ」と言っていたが、あれと同じような使い方といっていいか。だがそのうちに若者ばかりでなく、熟年層まで幅広い世代に使われだし、いっとき日本中を席捲してしまった。

ただしジェジェジェと異なり、このアジャパーは女性の間ではあまり使われていなかったようにも思うが、どうだろう。そして1953年には、その流行元の伴淳三郎に加えた古川ロッパや清川虹子といった面々で面白おかしく繰り広げられるストーリーの、『アジャパー天国』なる映画まで作られるに至った。

未だ暗さを引きずる世相にあって、語調の面白さと明るさを求める風潮とが相まって、その流行に更なる拍車がかけられていった。筆者も子供時分、級友とのやり取りにあたって、「アッいけねぇ」という意味で、これをさらに縮めて「アジャパッ」とか単に「アジャッ」などと言っていた。

凍て空や吐息混りに流行語

1951年・昭和26年

第62話　「『紅白歌合戦』始まる」

終戦直後の１９４５年の大晦日に、今のような公開ではなかったが、『紅白音楽試合』というラジオ番組が放送された。新しい時代にふさわしい音楽番組をとの、近藤積ディレクターの発案で作られたという。彼は剣道の世界で行われている紅白試合を頭に描きながら構想を練った由。

当初は『紅白音楽合戦』の名で企画したが、ＧＨＱから〝戦争に敗れた国が合戦（バトル）とはまかりならぬ〟とのお達しがあり、やむなくマッチという意味の試合にしたらしい。なお、その第一回には、当時子供ながら人気歌手であった川田正子が出場し、「汽車ポッポ」を歌ったが、これは戦時中「兵隊さんの汽車」というタイトルで歌われていた〝♪兵隊さん兵隊さん万々歳〟を〝♪鉄橋だ鉄橋だ楽しいな〟に変えたものであった。またリンゴの歌で大ヒットを飛ばした並木路子も出演している。

ただ当時は毎年同じものを放送するという習慣がなく、以降途絶えたが、１９５１年の正月番組として『第１回ＮＨＫ紅白歌合戦』と、今度は「合戦」の名称を使って放送された。なおこれには前年の大晦日の同じＮＨＫの『明星祭』に出演しなかったものに限られたという。

そして紅組のキャプテンは渡辺はま子、白組は藤山一郎で、それぞれが相手方の様子を見ながらこの歌手に何を歌わせるか決めたのだとか。まさに歌合戦である。こうして1953年の第3回までは正月番組として行われていたが、同じ年の大晦日に第4回が行われ、以後大晦日の番組として定着していくことになる。

ちなみに紅白の後に画面が切り替わる年越し番組の『ゆく年くる年』は、1955年の大晦日から始まっている。

紅白や一転雪の永平寺

1952年・昭和27年

第63話 「紅梅&カバヤ・景品目当てに一目散」

それまでの甘いものの代表格といえば、言うまでもなく戦前から引き継がれた「森永ミルクキャラメル」や「明治クリームキャラメル」、一粒300メートルのキャッチフレーズの

「グリコキャラメル」たちであった。が、そうした大手もさりながら、そこに割って入ってきたのが、紅梅製菓とカバヤ食品による「紅梅キャラメル」と「カバヤキャラメル」であった。

世は未だ統制経済下にあったが、昭和24年に水あめとぶどう糖の統制が解除された。これに関しては医療において必需品であったことによるものだが、製菓業界にとってもこれによる恩恵は大きく、甘味に飢えていたマーケットは一斉に飛びついた。

例えばかくいうキャラメル業界だが、統制が解かれるや、たちまち200もの零細メーカーが乱立参入。続いて昭和27（1952）年に砂糖の統制が解かれると逆にキャラメルの生産が過剰となり、メーカーは淘汰されていく。そんな中一歩抜きんでていくのがここに取り上げた紅梅製菓とカバヤ食品である。

紅梅製菓については、昭和27年の砂糖の解除に伴い本格的にキャラメルに取り組む。それに先立って少年野球ブームに乗り、前年に巨人軍と契約を交わし、巨人軍選手のブロマイドを入れたひと箱10円の紅梅キャラメルを発売。これが爆発的な大ヒットとなる。レギュラー選手9人を集めて送ると、すぐに破れてしまう、今の子供たちだったら相手にもしてくれないようなグローブや、たちまち空気が抜けてしまうゴムボールがもらえたのだ。川上、千葉、青田、与那嶺、南村といった名選手が日本のヒーローだった時代である。これが欲しくて欲しくて、子供たちは皆おこづかいを貰うや一目散にお菓子屋さんに駆け付けたものだ。

もちろん私もそのひとりであった。そして友達とだぶっているカードを交換するのだ。特に水原監督のカードはめったに当たらず、貴重この上もない宝物であった。これと対抗する形で大人気を博したのが「カバヤキャラメル」で、こちらは当時人気のターザンの絵入りの点数カードを集め、50点になると「カバヤ児童文庫」と称する本がもらえる。これまた子供たちの世界では大騒ぎである。

よろず乏しかった当時としては、なかなかのもので、貴重この上もなく、まるで宝物のように扱われた。さしものおもちゃ付きのグリコも、かすんでしまうほどのもてはやされようであった。ちなみに第1巻が出たのは昭和27年8月3日で、題名は「シンデレラひめ」。そしてその中には「シンデレラひめ」、「もりのなかのねむりひめ」、「おやゆびこぞう」の3話が納められていた。

なおこの2社を比すに創業地の関係からか、紅梅キャラメルは東日本に強く、カバヤは西日本に力が入っていたように見受けられた。が、それはともかく、我が国の復興途上にけるこの2社の、既存の大メーカーを向うに回しての大健闘は、楽しみの少なかった当時の子供たちに、大いなる遊び心と、ささやかではあったが素晴らしい夢を膨らませてくれた。

乏しい時代のしんがりを務め、豊かな時代へとつないでくれたのがこの2社であった。

籤飴《くじあめ》を求めし汗の小銭かな

1952年・昭和27年

第64話　「お風呂屋をガラガラにした『君の名は。』」

1952年から1954年にかけて放送された、ラジオドラマの『君の名は。』が大ブレイクした。菊田一夫の代表作となったもので、〃忘却とは忘れ去ることなり。忘れ得ずして忘却を誓う心の悲しさよ〃のナレーションに続き、〃♪きみの名〜はーと〜、訊ねし人あ〜り、その人の〜〃の歌で始まる物語は戦時中が舞台となる。

空襲による焼夷弾の降り注ぐ中、たまさか一緒になった後宮春樹と氏家真知子の二人は、数寄屋橋の上で互いに命の助かった幸運を喜び合う。そして生きていたら半年後の11月24日にまたここで会おうと約束し、互いの名も告げ得ぬままにそれぞれの方向へと別れて行った。戦後の混乱の中、なかなか再会が叶わず、会えそうになるとよんどころない事情によりそれも叶わず……。

そして一年半後の3回目にやっと会えた時は、真知子は明日お嫁にゆく身となっていた。

そしてその後も二人は身に降りかかる抗えぬ運命に翻弄され続けていく。そんなハラハラドキドキさせヤキモキさせる悲恋のストーリーが、多くの視聴者を惹き付け、日本中の女性の心を掴んでしまった。その放送時間になるとお風呂屋さんはガラガラになる現象が起きたという。

なおそれは故意に仕掛けた作り話であったともいうが、今思うに、筆者も母たちとその放送が終わってから近くのお風呂屋に行っていたと記憶している故、まんざら作り話でもなかったようだ。なお、映画化されたこの物語の岸恵子演じる主人公の氏家真知子が巻いているストールが素敵だとして、その巻き方が「真知子巻き」と呼ばれて、女性たちの間で大流行していった。

身近にあった戦争を起点に、それまでは大っぴらにすることさえ憚られた恋愛をモチーフとしたこのドラマは、思うに任せぬ現実と女性の心の機微を巧みにとらえた、菊田一夫にして描《えが》き得た名作であったと言えよう。

行き交ひしショールの数寄屋橋遥か

1952年・昭和27年

第65話　「『二十四の瞳』刊行」

終戦から7年後の1952年、壷井栄による『二十四の瞳』が発表された。太平洋戦争を体験したものとして、その戦争が一般市民にもたらす悲劇を伝えんとした名作である。平和に暮らす島を舞台に展開するおなご先生こと大石先生と、12人の教え子の織りなす物語で、いたいけで純心な子供たちまでもが、否応なく戦争に巻き込まれていく現実が、心を打つ筆致で展開されていく。

この2年後の1954年に木下恵介の監督で映画化され、高峰秀子演ずるところの大石先生には、観る人すべてが泣かされる。私もそのひとりで、筋書きも科白《せりふ》もすべてわかっているにもかかわらず、そのシーンになると必ずタオルが必要となる。今後もリメイクされていくものと思われるが、その度毎に戦争の及ぼす悲劇も語り継がれていくことであろう。

そうしたものの代表作のひとつが、この『二十四の瞳』である。なお同作家は『柿の木のある家』や『母のない子と子のない母と』ほかたくさんの名作を残しているが、その壷井栄を知る人も少なくなってきているのが寂しい限りだ。

1952年頃・昭和27年頃

第66話 「復活〝黄金バット〟の名調子」

戦後しばらく、娯楽の少ない時代の子供たちの楽しみは、何と言っても「紙芝居」ではなかったろうか。その歴史を紐解くに、明治時代からあったという「立絵」と、1930（昭和5）年の世界恐慌期に立絵が廃された後に作られた「平絵」の二つに分けられるが、現在紙芝居というと、一般的には後者の平絵を指している。

ちなみに前者の「立ち絵」とは、竹の串を付けた紙人形を舞台で動かして演じさせるもの故、紙芝居と称されていた。

さて後者の「平絵」による今様の紙芝居だが、これの子供たちへの影響が大きいところから、例えば『軍神の母』といったものなどの、いわゆる国策紙芝居も作られ、国威発揚や戦意高揚に役立てられた。そして戦後、何もかもが失われた世にあって、この紙芝居に子供たちは夢中になった。

カンカンと打つ拍子木の音がすると、近所の子供たちは一斉に家に飛んで帰り、なにがしかの小銭を親からもらい、それを握って紙芝居屋さんの下に集まって来る。そしてそのおじさんから水あめを買い、二本の割りばしでそれをこねて混ぜ、たくさん空気を含ませて誰が一番白くなるかを競ったりした。またその水あめをひと垂らししたウエファース状のソフト煎餅や飴玉を求める。こうしたお菓子がひと通り行き渡ったところで、名調子の語りとともに紙芝居が始まる。

おこずかいを貰えない子は、遠慮して少し離れたところから一枚ずつめくられる紙芝居に見入り、名調子に聞き耳を立てる。おじさんもそのあたりは心得ていて、決して追い返したりはしない。皆が皆おこづかいをもらえるほど裕福な家庭にいたわけではないことはよく分かっている。

出し物は定番の童話やおとぎ話もあったが、紙芝居の始まった頃からの人気作の「黄金バット」や「鞍馬天狗」、「怪傑黒頭巾」といった、手に汗握る活劇物も変わらず根強い人気を誇っていた。

そして子供たちは鏡に掛ける布を頭に巻いて、口元をややへの字に曲げた嵐寛寿郎のしゃべり口を真似、鞍馬天狗になり切ってチャンバラごっこに興じていた。

後にテレビが登場して、その紙芝居も急速にその姿を消していったが……。

高笑ひ残しマントの翻る

1952年・昭和27年
第67話 「戦争花嫁」

一般的には、戦時あるいは戦後において相手方の兵士たちと結ばれた現地の女性たちを「戦争花嫁」と呼ぶが、それはいかなる戦争においても起こりうることである。

太平洋戦争にあっても同様で、駐留してきた米軍兵士と結ばれた日本女性も少なくなかった。日本に駐留しているアメリカ兵との間に愛を実らせたそうした日本の女性たちが、1952年3月7日に米軍の用意した船でアメリカに旅立って行った。「戦争花嫁」と呼ばれた彼女たち90名が、アメリカでの新生活を夢見てこの日、横浜港を出港したのだ。

しばし後の、ブラジル丸やアルゼンチナ丸で移民として、悲壮感をもって異国に向かった人々とは違い、心中いささかなりと複雑なものがあったにせよ、ある種の華やぎもあったやに聞き及んでいる。ただ、表立って新たな門出ができるこうしたカップルはさておき、事実上は結婚状態にありながら、帰国するアメリカ兵と行動を共にし得なかった女性たちも数え切れぬほどいたに違いない。

たとえひとときに敵味方に別れていようとも、人のいるところには必ず愛は生まれる。意を決して祖国に別れを告げて新天地に向かった者、諸般の事情でアメリカに渡ること能わざる人等、いろいろな方がいたと思うが、どの選択肢が正しかったのかは誰にも分からない。が、それぞれが下した決断と、その選んだ道や良しとすべきであろう。その後の人生がともにハッピーであっただろうことを祈ってやまない。

いずれにせよ、戦争は多くの悲しみや憎しみも生むが、時としていろいろな出会いと、さまざまな人生模様をもたらしてくれる一面もあるようだ。

薔薇色の水脈《みお》の果なる櫻かな

１９５２年・昭和27年
第68話「鉄腕アトム誕生」

１９５２年、鉄腕アトムがデビューを果たした。我が国における漫画界の巨匠、手塚治虫の生んだヒーローで、1952年4月発売の雑誌『少年』（光文社）にその連載がスタートしたのだ。

それまでにない夢の溢れる画風と斬新なストーリーは、楽しみを求めていた当時の子供たちの間でたちまちブレイクし、みなが雑誌の発売を心待ちにした。そしてアトムの弟のコバルトや妹のウランちゃんなど、次々にヒーローやヒロインを生み出し、その展開はとどまる所を知らなかった。

ただ、当初は原子力の平和利用やその差別に目を向ける、いわば社会派的な物語として書き始めたというが、次第に悪を懲らしめ弱きを助ける冒険活劇風に内容も変化を遂げていく。これは読者や社会がそうしたことを求めていった結果でもあったようだが、作者の手塚治虫はそのことに悩み心を痛めたという。

が、それはさておき、彼の手から生み出される『リボンの騎士』『や「ジャングル大帝』『火の鳥』等々の作品の持つ夢とロマンの、その後の漫画界、アニメ界に与えた影響は計り知れないものがある。

星までもジェットの限り科学の子

1952年・昭和27年

第69話　「大島に消えた〝もく星号〟」

1952年4月9日朝、日本航空301便「もく星号」が伊豆大島に墜落した。同機はアメリカのノースウエスト・オリエント航空から機体を借り受け、運航も委託していたものであった。

乗客37人の全員が犠牲となったが、当時の航空運賃は他の交通機関に比べて格段に高く、一般の民間人はなかなか乗れるものではなかった。同機の搭乗者にも日本自由党の元衆議院議員といった政治家や、日立製作所の役員、石川島重工の役員、ハワイのホテル支配人、国家公務員といった要人が多く、よって政治的な憶測も様々に飛び交った。またその中には、当時人気絶頂の漫談家の大辻司郎もいて、翌日の新聞では大々的な見出しとなっていた。

ところで事故前夜、まったくの偶然だが神田公会堂にて行われた大辻司郎の公演を筆者は父と観に行っている。特徴のある少し甲高い声で観客を大いに笑わせ楽しませ、拍手喝采を受けていた。

なおその日のニュースでは情報が錯綜し、〝海上に不時着、米軍機が生存者を発見〟とか、〝乗客全員の無事を確認〟あるいは〝全員救助〟等の誤報が飛び交った。また、「僕の漫談の材料がまた増えた」という大辻史郎の架空の談話を載せた地方紙まで現れた。しかしながら、翌日の新聞では、搭乗者の生存は絶望的と記された。

父がその新聞を見て、「あ、あぁ……」と声ならぬ声を出して顔色を変え、いぶかる私に「昨日お前と観に行った大辻司郎が……」と言って言葉を呑んだのを覚えている。なお、同機には大辻司郎とともに、講釈師の五代目一龍斎貞丈も同じ公演に出演のため乗るはずであったが、東京での仕事が入って一日出発が遅れ、奇跡的に難を免れている。人の運命の不思議さを感じないわけにはいかない。

この先どうなるかは、まさに〝神のみぞ知る〟である。

春暁に消ゆる「もく星」伊豆の空

1952年・昭和27年

第70話「メーデー事件」

前年に調印されたサンフランシスコ講和条約が発効し、日本が改めて独立国としてスタートを切った3日後の1952年5月1日に、神宮外苑において第23回のメーデーが行われた。

主催者側の発表によると約40万人が参集したというが、セレモニーを終えたその参加者たちは東西南北及び中部の5つのグループに分かれてデモ行進を始めた。

このうちの南部と中部の2グループが日比谷公園に向かった。そして午後2時頃、日比谷公園に到着した中部デモ隊が「皇居広場へ」と後続に呼び掛けて行進を始めた。

この無届けデモ隊が二重橋に達した時、隊列を組んだ警官隊の「かかれーっ」の号令一下、デモ隊を阻止せんと襲い掛かり、両者の乱闘が始まった。プラカードや旗竿と警官隊のこん棒とが入り乱れ、投石が乱れ飛び、発砲による犠牲者を含む双方多数の流血騒ぎとなった。

言われるところの「血のメーデー事件」である。このこと以降、メーデーは毎年緊張感をもって行われていくことになる。しかしながら世の中が落ち着くに従い、それも次第に収まっていく。

外苑に熱気のかけら労働祭

1952年・昭和27年
第71話 「ついに世界チャンピオン！」

1952年5月19日。白井義男がダド・マリノを破って、日本人初の世界フライ級チャンピオンに輝いた。それまでの対戦成績は1対1のタイで、いわば宿命の対決であった。GHQ職員の生物学者アルビン・R・カーン氏にその才能を見い出された白井義男はメキメキ頭角を現し、ついに世界チャンピオンの座に就く。栄養価の高い食事と徹底した健康管理、そして長い手足を生かしたアウトボクシングのスタイルを身に付け、それを磨き上げた結果である。

今と異なり、チャンピオンの数が限られていた時代、敗戦に打ちひしがれていた日本人にとって、大いなる希望を与えてくれた出来事であった。白井義男はその後4回の防衛を果たし、1954年11月26日、アルゼンチンのパスカル・ペレスに敗れるまで王座に就いていた。なおそのパスカル・ペレスとの1955年5月30日のリターンマッチのテレビの視聴率は96・1％であったといい、この数字は今もって破られていない。

もちろんその頃テレビを持っている人も少なかったが、それでも持っている人のほぼ全員が、否、ご近所様までもがテレビにかじりついていたことになる。

ちなみに彼がチャンピオンの座に就いた5月19日は、日本プロボクシング協会によって「ボクシングの日」と制定されている。

列島を熱帯夜とせし拳かな

第72話　「照明革命・蛍光灯」
1952年・昭和27年

1952年、蛍光灯が一般化される。それまで灯りは電球という小さな丸い物と信じ切っていたが、それが何と細長い形になったのには驚いた。そしてそのやや青みがかった白色の灯りは、明るさという点では、今までの電球とは比べ物にならないほどのものを持っていた。加えてそれまでの電灯に比べて格段と寿命も延び、また電力も大幅に削減できるとあって大人気となる。

当時の電球はとにかくよく切れた。それがめったに切れない。これは便利と、あっという間に広がっていったのだ。筆者の家も商いをしていたが、出回り始めて早々に、店内の灯りが思い切ってこの蛍光灯に切り替えられた。夜になっても昼間と見まごう明るさに皆が一様に驚いた。子供心にも、大げさではなくその一灯に新しい時代の到来さえ感じた。

ただ、スイッチを入れてから、点くまでにいくらかのタイムラグがあり、また一度で点くとも限らず、ややテクニックも要してそれもちょっと面白かった。よって、反応の少し鈍い人のことを〝ケイコウトウ〟などと揶揄していたこともあった。

調べるに、1942年にアメリカで発明された蛍光体が蛍光灯として実用化されたものというが、それがその後の世界の闇をまたたく間に明るくしていったのだ。そして今、その蛍光灯はLEDという、より新しい光源に取って代わられようとしている。さらにこの先にはどんな世界が輝いていくのか。

蛍光灯間を置いて点く秋の宵

１９５３年・昭和28年
第73話「テレビ登場・街頭に人の群れ」

１９５３年、街頭テレビ放送開始。テレビ放送は１９５０年11月からの試験放送を経て、１９５３年2月1日よりＮＨＫ東京で、次いで同年8月28日から日本テレビ放送網（ＮＴＶ）が正式放送を開始した。

しかしながら当時は受像機のある家庭はまだ９００世帯ほどしかなく、また価格も大卒の初任給が１万円ほどであった時代に1台が約24万円で、とても庶民の手の届くものではなかった。

当時日本テレビの社長をしていた正力松太郎の発案で、8月の本格放送開始にあたって、新橋西口広場や新宿駅前、上野駅前等首都圏の55か所に２２０台の街頭テレビを設置した。そして人気のあったプロレスやプロ野球、プロボクシング、大相撲などの中継を行い、テレビ前には大勢の群衆が押し寄せた。

なお、木によじ登った観衆が落下したり、設置場所の床が抜け落ちるなどの事故も発生した。しばし後、筆者は神田から神奈川県の葉山に移り住んだが、横須賀線の逗子駅で降りると、駅前広場に文字通り十重《とえ》二十重《はたえ》の大群衆がひしめいていた。ついに逗子にも街頭テレビが設置されたのだ。

詰めかける大勢の人の肩越しに観る離れた画面には、確かプロ野球中継だったと思うが、それが小さく映っていて、皆が皆熱い思いで観入っていた。

扇子忙し《せは》遠き画面に巨人戦

1953年・昭和28年
第74話 「スーパーヒーロー・力道山」

1953年、力道山と敵役《かたき》シャープ兄弟の熱戦が国中を沸かした。日本の統治下にあった現在の北朝鮮出身の力道山は、二所ノ関部屋に入門し、関脇にまで上り詰める。が、本国出身者でないものは横綱になどなれないとの話に失望し、憤怒のうちに自ら髷を切り渡米。ハワイでプロレスリングの特訓を受け、帰国後日本プロレスを設立。シャープ兄弟を招聘して全国ツアーを実施した。

力道山は盟友遠藤幸吉とともに名勝負を繰り広げていく。そして前項に記した如く、19

５３年にテレビ放送が開始されたことをきっかけに、全国にプロレスの大ブームが巻き起こった。

敵役のシャープ兄弟に立ち向かう、彼の繰り出す空手チョップに、日本中が熱狂した。それはかつて打ちのめされた大国アメリカに立ち向かいリベンジを果たさんとする、己が姿を投影したものであったか。

その後一時下火になったものの、１９５８年ロサンゼルスでルー・テーズを破ってインターナショナルヘビー級チャンピオンになって再びブームを起こし、さらに強豪オルテガや噛みつき魔ブラッシーらを敵役として名勝負を繰り広げた。

そのブラッシーに噛みつかれて顔面血だらけになった映像に卒倒する人が続出し、それもまた大きなニュースとして新聞紙上を賑わせた。

画面より汗散る空手チョップかな

1953年・昭和28年

第75話 「トニー谷ざんす！」

算盤を器用に操るボードビリアンのトニー谷（本名・大谷正太郎）は、たちまち人々の心を捉え、1953年には人気絶頂となる。大正6年銀座に生を受け、日本橋で育った彼は、ちょっと吊り上がった黒縁の眼鏡にコールマン髭で登場。手にした算盤をまるで楽器のようにかき鳴らし、妙な英語を織り交ぜたトークで人気を博した。そのしゃべり口はトニングリッシュと称され、また言葉の終わりに付けた〝～ザンス〟が大受けし、巷にそのしゃべり口調が広まっていった。

例えば「レディース・アンド・ジェントルメン、アンド、おとっつぁん、おっかさん、おこんばんは。ディス・イズ・ミスター・トニー・タニざんす」というように。出自は複雑だったようで、逆にそれを売り物とした〝家庭の事情〟を流行り言葉とさせてしまうなど、天賦の才の持ち主でもあった。

その後はジャズコンサートやミスコンテスト等の司会者として引く手数多となったり、当時人気絶頂だった榎本健一や古川ロッパ等と舞台で共演したり、森繁久彌や柳家金語楼らと映画に出たりの大活躍をする。ちなみに1953年には年間20本もの映画をこなし、100

本を超える舞台出演をしている。

そんな絶頂期に最愛のお子さんの誘拐及び脅迫事件が発生して悲嘆に暮れ、それがまた一大ニュースとして報道されるなど、波乱に満ちた人生であった。ちなみにそのお子さんはしばし後に無事救出され、国民一同が安堵した。

暑気払ふジャズめくリズム五つ玉

1953年・昭和28年
第76話「ミスユニバース世界第三位に」

1953年7月、飛び切り明るいニュースが飛び込んできた。アメリカ西海岸のロングビーチ市で行われた第2回ミスユニバース世界大会決勝で、日本人女性の伊東絹子が第3位に選ばれたという。

日本女性の美しさや、たおやかさは日本人なら誰しもが認めるところだが、それはあくまでも日本人から見た感覚であって、欧米型のそれとは異なるものと、大方がハナから思っていた。

ところがそれが世界の美人コンテストで堂々第3位になったのだ。これは驚かずにはいられない。大騒ぎとなった。

しかも知性溢れる笑顔の美しさはもとより、日本人離れした、スラっとしたスタイルが素晴らしいと、並み居る世界の美女に臆することなき高い評価を得たのだ。明らかにこれまでの日本人とは異なる体形で、誰が名付けたか「八頭身美人」と呼ばれるようになり、以降それは美人のひな型とされるに至った。

なお、その2年前の1951(昭和26)年6月に、本邦初のプロのデザイナーによるファッションショーが、東京・銀座のキャバレー「美松」で開催されており、彼女はそこにおいてモデル・デビューを果たしている。その流れの先に、この栄冠が待っていたのだ。

ある意味では、戦後のなべて貧しい時代から我が国がようやく脱した、象徴的な出来事であったともいえよう。

その後はご存じの如くにミスコン流行りとなり、全国各地で折に付けそうしたものが行われるようになっていった。そしてその流れは、5年後の1984(昭和59)年に行われたカリフォルニアのロングビーチのミスユニバース・コンテストでの、児島明子の優勝へと繋がっていく。

ところで昨今は食事も洋食が当たり前になり、生活も畳から椅子テーブルの洋式が普通となっていったことにもよろうが、男女を問わず顔もスタイルもかつてと比べると、すっかり洋風になってきているように感じる。

生活様式の様変わりとともに、そうした面もしかと変化をきたしていくようだ。

なお後年、人を計る尺度としてのミスコンの是非が問われることになるが、それもまた時の流れによる確かなる変化のひとつといえよう。

撫子のビーナスサマービーチより

1954年・昭和29年

第77話「リッチな家にご近所集合」

家庭でのテレビ普及草創期のこと。高額で一般家庭には手が届かなかった頃、界隈でいち早くテレビを購入したご家庭には、ご近所や普段お付き合いのなかった人たちまでも押しかけた。

そのテレビには、まるで劇場の舞台のように小さな幕が掛けられ、それを左右に開くと画面が現れる。正しく家庭における小劇場で、それが開かれるとショーの始まりとなる。

来られたお宅では詰めかけた方々に対して、お茶やお茶請けのお菓子を出すなどの気配りをしていた。また人気絶頂のプロレス中継の時などは、部屋はおろか庭や塀の外にまで群がり、その画面に熱中した。

その頃、筆者のご近所の裕福なご家庭に他家に先駆けてテレビが入り、その噂はあっという間に広がった。確かプロレス中継であったと思うが、まだ子供であった私も、ご近所の人たちに混じってそのお宅にお邪魔し、小劇場たる画面に釘付けになっていた。

しばらくたって我が家にもやっとテレビが入り、今度はこちらがご近所の方に押しかけられる番になった。そうこうするうちに、あちこちのご家庭にもそれが入るようになり、よそ様への押しかけ騒動はやがて自然と収まっていった。

日本全体が次第に、そして急速に豊かになっていったのだ。

テレビ来て知らぬ人にも麦茶など

1954年・昭和29年

第78話　「三度目の被爆『第五福竜丸』」

１９５４年3月1日、漁に出ていた静岡焼津港所属の「第五福竜丸」が、日本の南東４０００キロに位置するビキニ環礁近くにおいて、アメリカの水爆実験に遭遇した。この水爆は広島型原爆の１０００倍超の威力を持つものであったという。「第五福竜丸」に乗っていた船員たちは事の次第をあずかり知らず、ただならぬこの閃光をただ驚きをもって見つめていた。

そして数時間後、降り注ぐ死の灰にさらされ、被爆という甚大な被害を蒙った。また同船の捕ったマグロや近辺にいた漁船のマグロも当然のこと放射線に汚染され、投棄あるいは地中に埋められるなどの処理を余儀なくされたため、魚類の価格は大暴落。さらに数日後には日本列島にも放射能に汚染された雨が降り注いだ。

したがって我が国は都合3回の被爆を体験したことになる。

その「第五福竜丸」も年月の経過とともに老朽化が進み、その保存が折につけ問題となっている。永遠は無理としてもできうる限り尽力してもらいたいと多くの人が願っているはずである。そしてこの事件をもって「死の灰」の最後としなければならないと切に願う。

1954年・昭和29年

第79話 「ゴジラ咆哮」

常夏の海に一閃黒き灰

1954（昭和29）年11月、東宝から映画『ゴジラ』が封切られた。特撮の名人と称された円谷英二監督の手になるもので、アメリカにも輸出されている。

これに先立つこと8カ月、前項で述べた如くこの年の3月にビキニ環礁で日本の漁船「第五福竜丸」が、アメリカの水爆実験により被爆するという悲劇に見舞われた。

実はこうした核兵器への警鐘を鳴らすべく作られた映画が、この『ゴジラ』であったのだ。なおゴジラの名前はゴリラとクジラを合わせたものという。

これにより日本の特撮技術が世界にも認められ、その後『ゴジラの逆襲』や『キングコング対ゴジラ』『モスラ対ゴジラ』、『ゴジラ対ヘドラ』等20を超える続編が、そしてハリウッド映画として『ゴジラVSコング』なども作られた。

ちなみに手前ごとで恐縮ながら、このゴジラ誕生38歳のバースデーケーキのご依頼を受けたことがある。

当時の新聞を見るに、次のような記事が載っていた。「１９５４年11月３日に映画『ゴジラ』が初めて公開されたのを記念して、『ゴジラの日』が設定されたこの日、東京渋谷の百貨店でバースデーイベントが行われ、高さ２メートルのゴジラのぬいぐるみが登場すると、周囲には３００人を超す人だかり。用意された１・５メートル、直径80センチのジャンボケーキを前にゴジラが『ガオーッ』と喜びの雄たけびを上げると、『こわいよー』と子供が泣き出す一幕もあった」と。

そのケーキが、私どもでご依頼を受けて作ったもの。ということは、私どもも核兵器への警鐘に、些かなりと携わらせて頂けたということか。

降らすまじ黒きスコールゴジラ来よ

1954年・昭和29年

第80話 「我が国最大の海難事故『洞爺丸』沈没」

1954年9月26日の夕刻18時39分、乗客乗員合わせて1314人を乗せ、青森に向かって函館港を出港した青函連絡船の「洞爺丸」は、折から接近中の台風15号による強風と荒波により、4時間後の22時45分、七重浜沖700メートルのところで転覆し、乗員1155名の犠牲者を出した。我が国における最大規模の海難事故である。

なお生存者は159名であった。今日であったら人工衛星等で台風の規模や勢力及び進路なども、正確に知ることで、事故を未然に防ぐこともできたであろうが、当時はそれも叶わず一瞬にして多くの犠牲者を出すことになってしまった。

青函トンネルができた今、かつての惨劇もいつしか霧の彼方へ消えていくのか分からぬが、何時にあってもこうした惨事は決して忘れることなく語り継ぎ、確かな記憶として石に刻まねばなるまい。

もろともに木の葉の如く大野分

１９５４年・昭和29年

第81話　「ＪＡＬ国際定期便就航」

今日当たり前の如くに乗っている国際定期便の第一号が、１９５４年２月２日に就航した。東京とサンフランシスコを結ぶ日本航空だ。「シティ・オブ・トウキョウ」と名付けられたこの機は、同日21時30分、多くの関係者の見送りを受けて羽田空港を飛び立った。

それまで単発では飛んでいたようだが、この度は定期便である。いよいよ我が国の真の意味での国際化の始まりだが、その後の海外旅行の大ブームの到来は、この時はまだ予測もつかなかったのではないか。

それから10年後の１９６４年には、日本人の海外渡航制限が解除され、翌１９６５年には初めての海外パッケージツアーとして「ジャルパック」が発売された。これによって多くの邦人がパリへ、ローマへ、ロンドンへと夢を求めて旅立って行った。また海外在留邦人にとっても、母国の定期便が飛んでいるとなると、これほど心強いことはない。

筆者もかつてフランス滞在中、バカンスや所用などでヨーロッパの他国や中近東、はたまたアフリカ辺りまで足を伸ばした時、先ず街中に朱色に染めた鶴丸マークの看板を探したものだ。そしてそれを見つければともかくも一安心した。

ＬＡＬには迷惑極まりない話だろうが、もし何か不測の事態が起こったにしても、そこに駆け込めば何とかなると、身勝手ながらそんな風に思ったものだ。日本大使館には失礼とは思うが、大使館よりはるかにＪＡＬへの信頼度は高かった。

当時は、いや、今でも変わりないと思うが、それほどにＬＡＬの在留邦人や旅人に与えてくれた安心感は大きなものであった。

その後ＡＮＡの国際便も飛ぶようになり、邦人の安心拠点がさらにひとつ増えていった。その始まりが１９５４年だったのである。

朱の鶴の翼に抱かれ虹の果

１９５４年・昭和29年

第82話　「笛吹童子&紅孔雀」

１９５４年２月に、中村錦之助（１９７１年萬屋錦之介を名乗る）が映画デビューした。そのデビュー作は『ひよどり草紙』で、美空ひばりとの共演であった。錦之助の父は三代目中村時蔵で父の兄は初代中村吉右衛門である。

そんな梨園の御曹司たる錦之助だが、『ひよどり草紙』の封切り直後に東映に移り、『笛吹童子』に出演し、これが大ヒットしてたちまちスターの座に就いた。そして続く『紅孔雀』でそれを不動のものとした。

前者の『笛吹童子』だが、同年4月27日に封切られた三部作で、週ごとに一作ずつ上映され、映画館は入場できぬほどに超満員となった。

『笛吹童子』は北村寿夫作詞、福田蘭童作曲の連続ラジオドラマ『新諸国物語』の第二作で、〝♪ヒャラーリ、ヒャラーリーコ、ヒャリーコ、ヒャラレーロ、だーれが吹くのか、不思議な笛だ〟の歌で始まるこのドラマは、大げさでなく日本中の子供たちを興奮の渦に巻き込んだ。

ちなみに第一作は『白鳥の騎士』であった。第三作の『紅孔雀』は五部仕立てで、いずれも白鳥党としゃれこうべ党の戦いという筋立てに、その人気は絶頂に達した。

私も家からバスで10分ほど行ったところにある逗子の映画館に観に行ったが、それはもう超満員で人いきれの中を、伸び上がりながら画面に観入っていたことを憶えている。

笛ヒャラリしとどの汗のシネマかな

1954年・昭和29年
第83話「自衛隊発足」

終戦後9年目の1954年、自衛隊が発足した。憲法第9条にある「陸海空軍その他の戦力は、これを保持しない」と、戦争の放棄を謳い明記してあるが、それはさておきということなのか、1954年に自衛隊なるものは作られた。

その名の如く自国を自衛する役目を担ったもので、軍隊ではないとの解釈の上で。ただ装備等を見るに、どう見ても軍隊の様を呈している。このあたりが曖昧と、その後長い間に亘って議論の的になり、今に至っている。

それにつけても、いずれはどこかに落としどころを見つけねばならないのだろうが、さて、どうしたものか。議論はいつになっても堂々巡りをするばかりである。

さりながら、解釈はともあれ、世界のいずれの国を見ても概ね軍備は万端整えている。あるいは筆者もかつて住んでいた永世中立国を自認するスイスなども軍はなくとも国民皆兵で、いざとなったら自力で国を守るべく銃を取って立ち上がるよう訓練を受けている。まさしく隊ではないが自衛する術は常に備えているのだ。

そこでわれわれだが、日本を取り巻く環境は日に日に変化を遂げている。世界のどこにもない〝妙案〟を捻り出さねばならないようだ。

　ところで軍事面での問題はさておき、自然災害の多い我が国において、この自衛隊は今やなくてはならない存在となっている。阪神淡路大震災や東日本大震災はもとより、その後の熊本地震や熱海の地すべり、能登半島地震等々に際しても、彼等の後ろ姿に手を合わせている人たちを数多目にしている。ちなみに筆者もその都度災害支援をさせて頂いているが、その度ごとにそうした光景に出合う。彼らの献身的な救助活動には、正直頭の下がる思いがする。そうした点においては、日本の自衛隊なるものは、何にも替え難い活躍をし、世界のどこにもない存在感を示してくれている。いよいよさらなる妙案が求められてくる。

問ひ問はる憲法記念日自衛論

第4部

戦後の終わり

〈高度経済成長期〉

1955年・昭和30年

第84話 「歌声喫茶」

時代が落ち着いてくると人々は、気が休まらなかったそれまでの反動からか、安らぎを求めていくようになる。その表れとしてか、街に「歌声喫茶」なるものが登場してきた。店内のお客さん全員が合唱して楽しい時間を共有する喫茶店である。

ことの始まりについては定かでないが、伝えられるところでは、昭和25（1950）年頃、東京・新宿のレストランがロシア民謡を流したところ、店内のお客さんが自然発生的にそれに合わせて歌いだしたことに始まりを持つとも言われている。

また、当時の『シベリア物語』というソ連映画に同じようなシーンがあり、それに啓発されたのが最初との説もある。

そして昭和30（1955）年、東京新宿に「カチューシャ」と「灯」という店が開業し、これを契機として続々と同様のお店がオープンし、全盛期には全国に100を超す歌声喫茶が作られていった。

そこでは店名にもされている「カチューシャ」とか「灯」、加えて「トロイカ」といったロシア民謡や「山の娘ロザリア」、や「おおブレネリ」あるいはそれに類する青春賛歌や山男の歌などが愛唱された。

これらに共通するキーワードは〝純情〟もしくは〝純心〟といったところと思われるが、時とともに次第に反戦、厭戦、平和をテーマとしたものも加わってくる。

なお、このブームは、真の豊かさを体感できるようになった1970年代には衰退していったが、これもまた、戦後に決別して新しい時代を迎えるという、時代の大きな流れを象徴するひとつの区切りであったとも言えよう。

ロザリアの調べ遥かに雲雀東風《ひばりこち》

1955年・昭和30年

第85話　「戦後にピリオド・三種の神器」

終戦を迎えてより10年の1955年、日本は大きく生まれ変わらんとする。その象徴とされたのが「三種の神器」と言われたテレビ、洗濯機、冷蔵庫であった。

この中で最も早く普及したのは、まだ白黒ではあったがテレビで、街頭におけるそれの設置により、プロレスブームに拍車がかかったり、その後の家庭への普及に繋がっていった。次いで洗濯機が普及し、主婦が重労働から解放されていく。続いて冷蔵庫が普及し、食品の扱いが容易になった。

例えば購入後すぐに食べなければならなかったお刺身などの生ものも、とりあえず冷蔵庫に入れておき、好きな時に食べられるようになった。加えてジュースやビールといった飲み物も、心地よく冷やしたものを摂れるようになる。

さらには街の洋菓子店などにも電気冷蔵ショーケースが備えられるようになると、生クリームを使ったショートケーキやカスタードクリームたっぷりのシュークリームといった、日持ちのしない生菓子なども安心して作られ売られるようになる。またお客様側にあっても、安心して求め、とりあえず冷蔵庫に仕舞い、好きな時に食べられるようになった。

こうした文化的な生活が営まれるようになって、ようやく物心共に言われるところの「戦後」に終止符が打たれていく。

戦後てふ幕引く冷蔵庫なる神器

1955年・昭和30年
第86話 「マイカー時代の先駆け」

1955（昭和30）年1月、トヨタ自動車が「トヨペットクラウン」を発表した。これは衝撃的であった。

何しろそれまでは、まだオート三輪車が幅を利かせて街中を走っており、方向指示器も腕木式が健在で、それが壊れた場合、右に曲がる時は窓から右手を出し、左折の折はその手を上に挙げるとされていた。また乗用車となるとアメ車が辺りを圧して走っており、それも超リッチな人しか乗ることができなかった時代である。

記憶にあるのはフォードやシボレー、高級車の代名詞のようなキャデラック、車体前方の両脇にヤツメウナギのエラのような穴を開けているビュイック、しゃれたデザインのナッシュなどである。

そこに登場したのがかくいうトヨペットクラウンで、国産初の本格的な高級乗用車の登場である。〝車買おうか家建てようか〟といわれるほどに高額だったようで、一般庶民にはそう簡単に手の出るような代物ではなかった。そこで同社はその手前のランクのトヨペットコロナを1957年に発売し、さらにその手前のパブリカを1961年に打ち出した。

「いつかはクラウン」の夢を抱きながら、人々はそれぞれの立ち位置からそれらを求め、ランクをを一段ずつ上げていった。トヨタとライバル関係にあった日産も1959年には、コロナに対抗する車種としてダットサンブルーバードを開発し、1960年にはクラウンの対抗車種としてセドリックを発売する。そこにプリンス自動車も加わってマイカーブームを盛り上げていく。

そのうちに街には車があふれ出し、連休や行楽シーズン、盆暮れなどは主要道路のどこもが大渋滞をきたす、言ってみれば「贅沢な悩み」を抱えるマイカー時代になっていく。そうした車社会の先鞭をつけたのが、1955年登場のトヨペットクラウンであった。

さらにその先なる現代を見るに、羨望の的であったアメ車はほとんど見当たらず、車社会の先陣を切ったトヨタはクラウンに限らずハイブリッドシステムを主としたあらゆる車種で業界を席巻。技術のニッサンと言わしめた日産は、EV（電気自動車）の道をひた走っている。そしてそこにホンダや三菱、スバル、スズキ等々が加わり、気が付けば自動車業界は日本の屋台骨を背負うが如き一大産業に成長を遂げている。

一方輸入車にあっては、かつてのアメ車に代わってドイツ車が大もてとなり、メルセデスやBMW、アウディー、フォルクスワーゲン等が我が物顔で走り回っている。

車ひとつとっても、世の中は想像以上の速さで変貌を遂げていく。

渋滞は幸せの列黄金週

１９５５年・昭和30年
第87話「マンボのリズム」

新しい時代の到来を真っ先に感知するのは、いつの世も若い世代のようだ。

１９５５年には〝マンボ〟という明るいリズムが大流行りした。ラテンミュージックのひとつで、このキューバのリズムに多くの若者が共鳴し、どこのダンスホールも満員になるほどの大盛況を呈した。

当時筆者の父は本業のお菓子屋の他に、銀座にいくつものキャバレーやクラブを営んでいたが、そのいずれにおいてもマンボのリズム一色になっていて、「東京キューバン・ボーイズ」や「チャーリー石黒と東京パンチョス」といったバンドが盛んにこの曲を演奏し、ホールでは皆が付かず離れず踊るこのダンスに興じていた。

改めて調べるに、このマンボ（Mambo）という言葉は、ブードゥー教というハイチの宗教の女性司祭の名で、「神との対話」という意味を持つのだとか。

この言葉が音楽の分野として知られるようになるのは、1938年にオレステス・ロペスとカチャオ・ロペスによって作られたダンソンの楽曲Mamboに由来するとの由。

そして1930年代の終わりごろに、キューバで流行っていたルンバにジャズの感覚を取り入れてこれが作られたという。門外漢たる筆者はその分野には疎いが、それにしてもどこに行ってもこの歌が聞こえていた。そしてその後はルンバ、チャチャチャ、ツイスト、リンボー、ボサノヴァ、ドドンパ、チャールストン等々さまざまな歌やリズム、及びそれに伴うダンスが次々と世を席捲していくことになる。

寒中に充つる熱気やウー・マンボ！

1955年・昭和30年

第88話 「日本語辞典『広辞苑』刊行」

1955年に岩波書店より新村出編集による『広辞苑』が発売された。

戦前に刊行された『辞苑』なる辞典の増補改訂版として再編纂だが、時代の変化を鑑みて、大きく刷新することにしたという。

また収録する語数も15万から20万に増やして充実させた。結果、単なる国語辞典を超えた百科事典の内容を備える、ぶ厚く重き大部のものとなった。そのため座高を高くしないと目線が近くなりすぎて、焦点が合わせづらくなるほどである。

またそれは、いわば日本語を総括する辞典としての重責を担う位置付けがなされ、その後も版を重ね、その度毎に内容の見直しと語彙の補足を絶やさず現在に至っている。

特に近年は、若者言葉として使われているものにまで筆先を求め、この『広辞苑』に取り上げられることが、社会に認知された証しとも受け止められるまでになっている。

何版かはさておき、恐らくどちらのご家庭にも一冊は置かれているほどで、今や国民的国語辞典にして日本国の教科書ともなっている。

余談だが、同書のいつぞやの版にお菓子の一種として「ミルフィーユ」なる語が取り上げられた。お菓子の世界に携わるものとしてはうれしい限りである。

ただ、本来は薄く延ばした層状の生地が何枚も重なった葉のようだとしてミル（千）フイユ（葉）と称されているものだが、日本ではミル（千）フィーユ（女の子）と呼ばれて広まっていってしまった。これでは「千枚の葉」ではなく「千人のお嬢さん」になってしまう。

そこでお恐れながらと岩波書店にその旨のお手紙を差し上げた。次の版では、是非ともミルフィーユではなく、ミルフイユとして頂きたい、語順も変えずに済むのでと。

折り返しお返事を頂いた。「その辺りが外来語の難しいところで、そうであったとしても現にミルフィーユの名で認知されている以上、本書としてはその名を以て……」と。

そうおっしゃられればそれもまた一理か。これはあくまでもフランス語辞典ではなく日本語辞典なのだ。

その教科書作りともなると、それなりの判断基準がおありのようだ。天下の岩波書店に余計なことを申し上げてしまった。

座布団を重ね炬燵に広辞苑

1955年・昭和30年

第89話　「春闘始まる」

1955年3月24日、日本労働総評議会、略して「総評」主導による春季賃上げ闘争が実行された。いわゆる「春闘」である。

それまでは単一での組合運動であったが、この時以降〝八単産共闘〟という、いくつもの産業別の組合が統一されたスケジュールの下に戦う形をとるようになったのだ。

先ず３日後の３月27日に私鉄総連の39の組合がストに突入し、翌28日には合化労連（合成化学産業労働組合連合会）、加えて総評の主力たる炭労（日本炭鉱労働組合）の98組合が同じくストに突入した。

春闘の第一波たる実力行使である。また４月からの第二派はさらに規模が拡大され、電機労連や全国金属も加わるなど、日本中が揺れ動く様相を呈してきた。

その後も規模は拡大を続け、その時期の国鉄（現・ＪＲ）や私鉄、あるいはバスなどによる通勤や通学が地獄の苦しみとなるほどの年中行事となっていった。

デモそのものを否定するものではないにしても、その煽りをまともに受ける多くの利用者は、超満員電車に耐えるべく、悲壮なる覚悟を以て家を出た。

顧みるに労使双方、ともにもう少し知恵の出しどころがあったのでは？　今となっては詮無い話だが、あれは各交通機関の利用者には正直きつかった。

春闘に燃えし母国の揺籃期

1955年・昭和30年

第90話　「300勝投手スタルヒン」

1955年9月4日、京都の西京極球場においてのトンボユニオンズと大映スターズとのダブルヘッダーの第1試合で、トンボのスタルヒン投手（正式名・ヴィクトル・ウイジャー・スタルヒン、39歳）は完投し、7対4で勝利を収めた。日本で初めての300勝投手の誕生である。

彼はロシアのウラル山脈の東にあるニジギー・タギルという小さな町に生まれ、ロシア革命で1925年に一家で北海道の旭川に移り住んだ。そしてその地の旭川中学での怪腕は、全国に知れ渡るほどになった。

次いで昭和9年11月、ベーブ・ルースを含む全米チームが来日した折、中学を中退して全日本チームに参加した。

同12月に全日本チームは解散して「東京巨人軍」となるが、スタルヒンもそこに入団。その後年間42勝を挙げるなどの活躍をしたが、伝説の名投手・沢村栄治が隣で投げるのを嫌がるほどの速球を投げていたという。

やがて時局の緊迫に従い「須田博」なる日本名に改名するなど、野球どころではなくなる暗い時代を経て、戦後球界に復帰するが、すでにピークは過ぎ、戦前の9年間で199勝を挙げた往年の力は陰りを見せていた。

それからいくつもの球団を渡り歩きつつ勝ち星を積み上げ、ようやくここに至ったのである。

その後3勝を積み上げ、通算303勝176敗をもって球界を去った。

戦争という空白がなかったなら、どれほどの数字を残したであろうか。

この記録は後に巨人の別所毅彦や金田正一によって破られるが、本邦初の300勝投手の金字塔は今もって輝き続けている。

球春や輝く永久の星300

1955年・昭和30年

第91話「スイーティーな平和の象徴・クリスマスケーキ」

1955（昭和30）年、クリスマスケーキが大ブレイクした。百万余人がイヴの銀座に繰り出して、ジングルベルを歌いつつ道という道を埋め尽くした。

クラッカーを鳴らし、レイをかけ三角帽をかぶった放歌高吟の平和人が、手に手に四角いクリスマスケーキの箱をぶら下げ、聖夜を祝っていた。

一息ついて手に入れた平和なるもののすばらしさを、みな心の底から楽しんだのだ。まさしくその平和の象徴が、凝縮され具現化された人々の夢の結晶がクリスマスケーキであった。

バタークリームのバラにバタークリームの唐草文様絞り。上からアラザンと称する仁丹のような小さな銀の粒を振りかけたデコレーションケーキである。

まさにクリームいっぱい夢いっぱいで、老若男女を問わず国を挙げてハッピーを享受した。

当時筆者は銀座の父の店で手伝っていたが、それはそれは大変な活況で、押し寄せる人並みを縫っては束にまとめたケーキを運んでいた。

それにしても、その頃のケーキはとにかく大きかった。直径21センチほどのものが標準で、それより大きいものもたくさん作られていた。それはひと家族の人数が多かったことにもよろうが、普段食べられないような美味しいものを、クリスマスぐらいはお腹いっぱい食べたいという欲求からくるものでもあった。

そう、その頃ケーキはまだまだ贅沢極まりないものだったのだ。ちなみに今日は概ね直径

12〜15センチほどのものが主流を占めている。核家族化が進み、またケーキ自体を口にする頻度も、昔日とは比較にならないほど日常化している故に。

ただ〝クリスマスにはクリスマスケーキを〟という習慣は変わらず続いている。どうあろうともこれのない聖夜は考えられぬほどに、今や必需品となっている。

手に息す聖菓売りにあれ神の加護

１９５６年・昭和31年
第92話　「冬季五輪に夢の報」

１９５６年、国民の心をパッと明るくする嬉しいニュースが飛び込んできた。１９５６年のコルチナ冬季五輪に猪谷千春選手がアルペンスキー男子回転で銀メダルに輝いたのだ。

彼は１９３１年、我が国スキー界の草分けといわれた猪谷六合雄《くにお》と、日本初の女性ジャンパーといわれた猪谷定子の間に長男として、北海道の国後島に生を受けた。そして幼いころから厳しいトレーニングを受け、天才スキー少年と言われるようになっていった。

1952年のロスオリンピックでは滑降、回転、大回転に出場し、黒のユニフォームの彼はブラックキャットと呼ばれたが、回転では旗門にスキーをひっかけて11位、滑降では24位、大回転では20位に終わる。

しかしながら技術的にはさしたる違いのないことにかえって自信を深め、4年後を目指すことになる。

なお1953年、スイスのアーデルボーデンでのワールドカップでは回転で金メダルを獲得。そして迎えた1956年のコルチナオリンピックでは、滑降で失格となったが、大回転で12位、回転では1回目6位につけ、2回目には2位、トータルで見事日本人初の銀メダルに輝いた。

彼の活躍もまた、戦争によって失われていた自信を、日本人の心に取り戻す大きな力となった。

コルチナに銀のシュプール遠雪嶺《とおゆきね》

1956年・昭和31年

第93話 「太陽族」

1956年1月、第34回芥川賞に石原慎太郎の『太陽の季節』が受賞した。ただこの選出を巡って大激論が交わされた。

湘南を舞台にした若者の生態を赤裸々に描いたものだが、そのストーリーの展開があまりにも奔放すぎるということ故に。

顧みるに、既成の概念や価値観を真っ向から打ち破る展開を、すぐには受け入れられぬものが当時の文壇にはあったようだ。

しかしながら結果は、〝世間を恐れず、快楽に対して臆することなく素直に対峙する姿勢や良し〟として受賞の栄誉に輝いた。

こうして時代の歯車はまた一歩前に進んだ。またこの受賞を機に、奔放な若者が一気に世に溢れ、湘南の海は彼らの聖地と化し、石原慎太郎のヘアカットをそっくりまねた〝シンタロウ刈り〟が浜辺を闊歩し、その映画に出演した弟の裕次郎を気取って青春を謳歌した。

その彼らは小説のタイトルの如くに「太陽族」と呼ばれ、一種の社会現象と化した。

筆者もその頃葉山に住んでおり、短くした髪型にアロハシャツを羽織り、その先を粋に結んでカンカン帽を被り、いっぱしの太陽族を決め込んだことがある。

マスクも足の長さもどだい比べものになるわけもなく、今にして思うに赤面の至りだが、当時の若者は総じてそんなことをして、時代の最先端を行っている気になったものだ。

仕草さへ裕次郎めくアロハシャツ

1956年・昭和31年

第94話 「団地における快適生活」

1956年、日本住宅公団の手になる公団住宅への入居の受付が始まった。増え続ける人口に住宅が追い付かず、こうした手が打たれたのだ。

従来の木造家屋と異なる鉄筋コンクリート製の高層建築、と言っても今様のタワーマンションではなく、せいぜい5階建てなのだが、とにかくモダンに思えたものだ。

しかも各戸にトイレと風呂がついている。それまではトイレさえ共同の場合も少なくなく、ましてや風呂などはたいがいが銭湯通いであった。

ま、それはそれで風情があって悪いものでもなかったが、それにしても、各家ごとに風呂があるなどまるで夢のような世界に思えたものだ。

しかもステンレス製のダイニングキッチン付きである。広さは概ね２ＤＫだが、それまでの4畳半とか6畳一間に暮らす人たちには、まさに憧れの世界である。

これで人気の出ないわけはない。その受付には長蛇の列ができ、会場は熱気にあふれた。最初のそれは三鷹市牟礼住宅への入居希望で、応募戸数４０５戸に対して、何と14・４倍の５８１５人の申し込みがあった。

そして年々人気もうなぎ登りに高まり、昭和38年のピーク時には38・９倍にもなったとか。まさに宝くじ並みである。

また「こうしたところに住むことは中流」という意識が生まれ、いわゆる団地族になることが一種のステイタスともなったのである。そして一億総中流意識はすべての人々に植え付けられていったのだ。

そのエネルギーが次の高度成長へと繋がっていくことになる。

星空を仰ぎつ子等と自前の湯

1956年・昭和31年

第95話 『ビルマの竪琴』

1956年、市川崑監督による『ビルマの竪琴』が上映された。

激戦にさらされたビルマ（現・ミャンマー）において、終戦直後に玉砕した部隊を目の当りにした主人公の水島上等兵は、その後も目にする累々たる屍に衝撃を受け、そうした人々の魂を鎮めるべく僧侶になることを決意する。

竪琴を手にしたその姿を見た仲間たちが「水島、日本に帰ろう!」「水島!水島!俺たちと一緒に日本に……」と呼びかけるという、たまらなく心を揺さぶられる感動の物語である。

筆者の通っていた小学校の学芸会でも、この物語が演じられたことを憶えている。戦後11年経って、戦争の真の姿とそれがもたらす悲惨さに、ようやく真正面から向き合うことができるようになったのだ。

そのビルマは今、ミャンマーと呼ばれるようになったが、現政権とその政情を憂えるアウンサンスーチン氏との確執が長らく続く不安定な国情の下にあり、それを見る限り、未だ戦争の傷跡が癒え切れずに尾を引いているようにも思える。

ただ、筆者も何度か訪れたが市民は日永《ひなが》、パゴダ（仏塔）にゆったりと時を過ごす、穏やかにして敬虔な仏教徒の国である。一日も早く真の平和が訪れることを願ってやまない。

熱帯林地獄見しとや極楽鳥

1956年・昭和31年
第96話　「週刊誌ブーム」

昭和31年2月6日、新潮社から『週刊新潮』が発売された。それまでは週刊誌と言えば『週刊朝日』や『サンデー毎日』といった新聞社系のものであったが、そこに風穴を開けたのがこれで、表紙には、当時まだ無名であった谷内六郎の夢の膨らむ少女の絵が持ってこられた。

内容は、新聞社系が総じて政治や経済といった堅いニュースを主体としていたのに対し、いきなり芸能ものを持ってきたり、また新聞社系が手を出せない皇室ニュースなどの掲載も行った。

こうした内容に敏感に飛びついたのがサラリーマンであった。通勤途中に駅でこれを購入して電車の中で読みふける。俗に一車両で一冊見かけたら発行部数は50万部とか。

ちなみに同誌の創刊号は40万部であったが、5年後には100万部を超えた由。その成功を見て各出版社が一斉に追随していった。

例えば翌昭和32年には『週刊女性』、33年に『週刊大衆』、『週刊明星』、『女性自身』、34年に『週刊現代』『週刊文春』『週刊平凡』等々と。

それらの先陣を切ったのが、かくいう『週刊新潮』であった。そして〝谷内六郎の表紙でお馴染みの、週刊新潮は明日発売されま〜す〟のテレビコマーシャルも効き目があった。

新聞社のできなかったことを意図し、活字媒体のライバル？たるテレビの力を存分に利用する戦略の見事さにも頭が下がる。なお、この流れは子供の世界にも広がっていった。

当時子供向けの本と言えば、『少年クラブ』とか『少年』という月刊誌が読まれていたが、1959年3月17日に大人の世界よろしく週刊誌として『少年サンデー』と『少年マガジン』が創刊された。

筆者も含めて日本中の子供たちがこれに飛びついた。それはみるみる部数を増やし、それとともに厚みもどんどん増していき、今に至った。

一方通常の週刊誌の方もますます充実していったが、それが後の1981年の『フォーカス』や1984年の『フライデー』といった写真週刊誌の爆発的なブームへと繋がっていく。

通勤の車内に花火する表紙

１９５６年・昭和31年
第97話　「『ブラジル丸』離岸」

１９５６年7月2日、南米移民船の「ブラジル丸」が、ドミニカ共和国に向けて横浜港を出港した。北海道や東北の28家族１８５人が乗船し、ハイチ国境のダハボンに入植するという。

この時より始まったこの入植は昭和45年まで続き、計１３２８人が現地に入り、主に農業に従事したという。

実はこの何回目の時だったかは定かでないが、筆者はこの光景を、横浜の大桟橋で目にしている。あの頃は政府の後押しもあってか、日本で果たせぬ夢を異国の大地に求めて、多くの人々が祖国を後にした。かつて満州に壮大な夢を見たように。

敗戦の焦土から立ち直ってきたとはいえ、今の豊かさが想像できない頃の話だ。当時移民船には「アルゼンチナ丸」と「ブラジル丸」があり、私が見たのは確か後者の「ブラジル丸」と記憶している。

色とりどりのテープが、船のデッキから下で見送る人々に向かって投げられる。船首から船尾に至るまで、間断なく次々と……。心躍る旅立ちではないだけにきれいはきれいだが、ある意味壮絶。そしてしばし後、ボーっという長く尾を引く別れの汽笛とともに、静かにゆっくりと岸壁から離れていく巨大な船に、たわんでいたテープが一気に張りつめていく。その一本一本が、肉親や親族、友人、知人をかろうじてつないでいる、唯一気持ちを通わせる心の糸なのだ。次の瞬間無数ともいえるそれらが、抗しえない力で無常にも引きちぎられていく。

惜別の嗚咽がやがて叫びとなり大桟橋を包む空気を震わせ、そして見送る方も送られる方も声を限りに互いに呼び合い叫び合い、あとは涙、涙、ただ涙。思い出すだに辛い記憶だ。

そうした人たちやその子孫たちを含めて、今このドミニカやアルゼンチン、ブラジルといった南米の国々には2世3世を含めた何万人もの邦人がいる。

そうした国々を訪れた時に直接伺った話だが、その人たちの中には、農業もさておき、何故かクリーニング業を営んでいる人たちも少なくないという。おそらく人々の暮らしの役に立つことから入って、少しでも早くその土地に溶け込もうとした故のことではなかろうか。その健気さを思うと、いじましくもあり、たまらない切なささをも感じる。

地の裏の同胞《はらから》にあれ実りの季

1956年・昭和31年

第98話 「ソ連から引き揚げ船『興安丸』」

1956年10月19日に調印され、同12月12日に批准された日ソ共同宣言により、我が国とソヴィエト連邦（現・ロシア）の戦争状態が終了。

この共同宣言の締結により、日本は国連に加盟が叶った。またこのことにより、ソ連からの帰国が再開され、12月23日に「興安丸」が1025人の抑留者を乗せてナホトカを出港。同26日に舞鶴港に入港した。しかしながら大陸にはなお、およそ6万人の消息不明者が残ったままとなった。

浜辺に太陽族を自認する慎太郎刈りが闊歩する一方で、未だソ連や中国等の大陸に渡った人々が、かくも多く残っているというこの現実には如何ともしがたいものがある。本当に戦後が終わるのはこの人たちの消息が判明し、生存者の帰還が叶ってからではないか。そんな想いを強くする。

凍土踏みし足に内地の柔き土

1956年・昭和31年

第99話 「南極観測船『宗谷』就航」

些か乱れた戦後世界も一段落した後、世界の目が未知の大陸たる南極に向けられた。各国の基地が建てられていく中、日本もそちらの方に目が向けられていく。先進国、一流国の仲間入りを果すべく観測船を同地に派遣することになった。

ただ同地は氷に覆われた大陸である。そこに行くまでにも、氷を割って進まねばならない。敗戦からようやく立ち直ってきた身には少々無理があったが、その決行を決断した。

先ず灯台補給船として使われていた宗谷という船をそれ用に仕立てた。そして1956年11月8日、第一次の予備観測隊員58人を乗せて東京晴海桟橋から出港。翌年1月29日に西オングル島に到着し、昭和基地の建設を行う。なおその際の1957年2月に、この宗谷は押し寄せるぶ厚い氷に閉じ込められ、身動きが取れなくなった。

当初は「日本単独」という方針に従い、独自での脱出を試みたが、それもかなわず難儀をした。悪戦苦闘、孤軍奮闘する「宗谷」を案じ、国民は総じて手に汗を握った。その時近くにはアメリカの砕氷船「グレーシャー号」とソ連の「オビ号」がいた。西側に与する我々は当然「グレーシャー号」が救助にきてくれるものと思っていたが、なんと動いたのは「オビ号」であった。主義主張を超えた国際協調である。

力強く砕氷しながら宗谷に近付いて航路を開き、そのお陰をもって我らが「宗谷」は、何とか分厚い氷の世界から脱出することができた。それにしてもこの時は、立ち直ってきたとはいえ、まだ先進国との間にある力と砕氷能力の差をまざまざと見せつけられた。その後その教訓をもとに、我が国は改めて砕氷船の改良に勤しんでいくことになる。

なお同船については、1958年の帰還時には犬ぞりをひくために連れていった樺太犬を連れて帰ることができず、15頭のすべてを残したままの帰還を余儀なくされたが、翌1959年の再訪時にジローとタローの二頭との奇跡の再会などのエピソードがある。

その宗谷は1962年まで南極観測船を務めたが、その後の観測は「ふじ」、次いで「しらせ」にその任務が引き継がれていく。南極という未知なる大陸への道筋をつけた、そんな観測船第一号の宗谷がデビューを果たしたのが、「戦後」という一つの括りのしんがりを務めた昭和31年であった。そして時代は「脱・戦後」へと、さらに歩を進めていく。

砕氷の忽ち閉ぢて白き闇

１９５６年・昭和31年

第１００話 「カッパロケット成功・そして戦後との決別」

１９５６年９月24日、東大生産技術研究所の糸川英夫教授によって、秋田県道川海岸において「カッパロケット１号」が打ち上げられた。日本における最初のロケットで、６０００メートル上空をマッハ３で70秒飛行した。

実はこの前年の１９５５年４月12日に、同教授によってこれに先立つペンシルロケットの発射実験が成功している。この時のそれは直径１・８センチメートルで高さは23センチメートルという小さなものであった。

この時は東京都国分寺市にある半地下式の銃器発射試験場を改造した実験場で、上空にではなく水平に行われている。ちなみに同所近くに「日本宇宙開発発祥の地」とした碑が建立されている。

こうした下地をもとに作られたのがこの度のカッパロケット１号であった。この成功によってその改良はさらに進み、１９７０年には「Ｌ（ラムダ）－４Ｓ」５号機により日本で初めての人工衛星「おおすみ」が打ち上げられた。

その後はさらに大型の「Ｍ（ミュー）」シリーズにより、我が国の宇宙科学は飛躍的な進歩を遂げた。とりわけこのミューシリーズの最後となった「Ｍ－Ｖ」は、個体ロケットとしては世界水準にあり、続く「Ｈ－ⅡＢ」、「イプシロン」「Ｈ３」等、今後の更なる開発と飛躍が期待されている。

そうしたことのすべての始まりが、先の高さわずか23センチメートルのペンシルロケットから始まった「カッパロケット」の打ち上げ成功に行き着く。

さて、同じ年の興安丸によるソ連からの引き揚げ者等、戦争の傷跡や暗い影を引きずりながらも、一方では既述した如くにその前年の１９５５年から始まるテレビ、洗濯機、冷蔵庫といった三種の神器等による家電ブームが新しい時代を切り開き、さらには南極観測において世界の仲間入りを果たしたり、ロケットの成功により、宇宙に視野を広げるまでに……。

そうした諸々の努力により、日本はさらに大きく新しく生まれ変わらんとしていく。そしてこの年１９５６年の経済白書には、〝もはや戦後ではない〟と明記され、公に戦後復興の終了が宣言された。

高き天より一望の戦後かな

1957年〜・昭和32年〜
第101話 「さらなる高度成長へ」

この後の足取りをたどるに、その少し前の1953年頃から始まった神武以来の好景気、略して「神武景気」から日本は高度成長期に入っていく。

ちなみに東京タワーができたのが「岩戸景気」の始まりといわれた1958年で、この新たな電波塔の完成により本格的なテレビ時代を迎え、1959年の皇太子殿下（現・上皇）と正田美智子様（現・上皇后）のご成婚を機にテレビが一気に普及した。

また1960年代半ばから始まる「いざなぎ景気」の頃になると、カラーテレビ、クーラー、カー（自動車）の3Cといわれる新・三種の神器が人々の消費意欲を掻き立てる。

その一方では1964年の東京オリンピックで高度成長にさらに弾みをつけるとともに、真の国際社会への復帰を果たしたことを実感し、1970年の大阪で行われたバンパクこと万国博覧会で、国全体にある種の自信がよみがえり、それを機に世界のリーダーとしての自覚を持つほどに成長を遂げていくことになる。

そこにはもはやあの打ちひしがれた〝戦後〟の影はほとんど見られなくなっていた。

その後はＧＤＰ（国内総生産）で世界第二位に、そしてジャパン・アズ・ナンバー・ワンと言われるほどに上り詰めていく。

「昭和の日」阿頼耶《あらや》に秘めし熱きこと

エピローグ

恥ずかしながら筆者は、パティシエにして製菓業を営む傍ら、作家業、タレント、大学教授、いくつかの県の大使等々、いろいろな道に手を染めてきた。そしてもうひとつが、父の盟友・金子兜太師が名付けてくれた南舟子を名乗る俳句の世界である。

顧みるに、製菓業にあった父も北舟子という俳人であったがため、ごく自然と筆者もその道に入っていったように思う。その実たいした句を詠んでいるわけでもないが、これも一種の宿命《さだめ》にして受け継ぐ血の流れのなせるところと、開き直って駄句を捻ってきた。

そんなある時、ふと来し方を振り返ってみた。戦中生まれ故、戦争そのものの直接体験の記憶はないが、子供時分より身近な話としては諸々聞き及んでいる。

またその後の耐乏生活や復興時の戦後道も、多くの方々と共に遮二無二歩んでここまで来た。そうした道すがらの折々を、物書き兼俳人らしく拙句を交えて綴ってみたらどうだろうと、そんなことに想いを巡らすうちに、徐々に構想らしきものがまとまってきた。

ただ、戦中戦後から今日までの80年近い道のりを述べるとなると、けっこうな大部となる。そこで、大戦の迫りくる辺りから開戦、戦中、終戦、さらにはそこから立ち上がってきて、〝もはや戦後ではない〟と経済白書に公に記された昭和36（1956）年まで、と区切ってみた。まさに起伏に富んだ激動の昭和のひとこまである。

既述した如く、私は戦中生まれ故、戦後道のほとんどが実際に見聞したりあるいは実体験に基くものだが、それにあらざることどもについては、周囲から聞き及んだ記憶を掘り起こして筆を運んだ。またその詳細については、例えば『日録20世紀』（講談社）等先刊のさまざまな書にその正確な時系列や事実関係を求め、加えて昨今、とみに充実してきたネット情報なども大いに参考にさせていただいた。

なお拙文に加えた拙句については、概ね詠み下ろしだが、いくつかについては既刊の第一句集から第四句集に掲載したものを転記し、加えて現在編纂中の第五句集に掲載予定のものまで先取りすることとした。またそうした句にあっては、本書の性格上諷詠もさておき、言われるところの社会性俳句や時事俳句的なものが目につくきらいはあり、またやや斜めに詠んだものについては、少々川柳めいたものもなくはない。その辺りにあってはご寛容の程をお願いしたい。

なお、申したごとくに、筆者の生業は製菓業にしてフード産業である。よって本文をメインディッシュと捉えるなら、文末の一句はデザートのようなもの。小見出しのオードブルから一連の食卓を締めくくる一片のスイーツに至るまで、束の間お楽しみいただけたら文字の調理人として幸甚の至り。

また文中における表現等筆の足らざるところ、もしくは記憶違いによる誤記などがありせば、それは筆者の浅学にして不徳の致すところと平にご容赦賜りたい。

とまれ、これにより同じ時を歩まれた方々とともに、いささかなりと来し方への感慨や想いを共有できたとしたら、書き手としてこれに優る喜びはない。

終わりにあたり、拙文拙句にも拘わらず身に余る前書きをお寄せくださった、私の所属する俳誌『暖響』を纏め選者をされておられる江中真弓先生、及び本書の上梓を快くお受け下さった松柏社社長の森信久氏を始め、本書に関わりを持たれたすべての方に心より深く感謝申し上げる。

令和6年初冬

吉田菊次郎（南舟子）

参考文献

『日録20世紀』　講談社
『父の後ろ姿』　吉田南舟子著　時事通信社
『左見右見』　吉田南舟子著　朝文社
『水脈』　吉田南舟子著　朝文社
『流離』　吉田南舟子著　松柏社
『スイート・コックコート』　吉田菊次郎著　松柏社
『日本人が愛したお菓子たち』　吉田菊次郎著　講談社
他、ネットを含む諸分野、諸文献等の諸情報

著者略歴

吉田菊次郎（よしだきくじろう）

俳号・南舟子（なんしゅうし）。１９４４（昭和19）年東京生まれ。明治大学商学部卒業。都内の菓子店に勤務後渡欧し、フランス、スイスで製菓修業。その間第一回世界大会銅賞（於パリ）他数々の国際賞を受賞。帰国後「ブールミッシュ」を開業（本店・銀座）。現在同社会長の他製菓フード業界の様々な要職を兼ねる。文筆、テレビ、ラジオ、講演等でも活躍。２００４年、フランス共和国より「農事功労章シュヴァリエ」叙勲、及び厚生労働省より「現代の名工・卓越した技能者」受章。２００７年、日本食生活文化賞金賞受賞。２０１２年大手前大学客員教授に就任。２０１４年フランス料理アカデミー・フランス本部会員に推挙される。同年「やまなし大使」拝命。２０２２年「黄綬褒章」受章。２０２３年、「あったかふくしま観光交流大使」拝命。フランス料理アカデミーより「金賞」及び「シュヴァリエ」受賞。その他内外の受賞多数。主な著書に『あめ細工』『チョコレート菓子』『パティスリー』『洋菓子の工芸技法』（柴田書店）、『デパートB1物語』（平凡社）、『お菓子漫遊記』『お菓子な歳時記』『父の後ろ姿』（時事通信社）、『西洋菓子彷徨始末』『東北スイーツ紀行』『左見右見』『水脈』（朝文社）、『今までにないスイーツの発想と組み立て』（誠文堂新光社）『洋菓子百科事典』（白水社）、『流離』『スイーツ歳時記＆お菓子の記念日』『古今東西スイーツ物語』『スイート・コックコート』（松柏社）、『万国お菓子物語・世界を巡る１０１話』『日本人の愛したお菓子たち』（講談社）、『夢のスイーツ湘南プラス』（江ノ電沿線新聞社）他多数。

激動の戦後物語

二〇二四年五月三十一日　初版第一刷発行

著　者　吉田菊次郎
発行者　森　信久
発行所　株式会社 松柏社
〒一〇二-〇〇七二
東京都千代田区飯田橋一-六-一
電　話　〇三（三二三〇）四八一三（代表）
ＦＡＸ　〇三（三二三〇）四八五七
メール　info@shohakusha.com
https://www.shohakusha.com

装　丁　常松靖史［ＴＵＮＥ］
組版・製版・印刷　精文堂印刷株式会社

ISBN978-4-7754-0300-6